ENTRE LA SOURCE
ET L'ESTUAIRE

Né en 1989 à Chamonix-Mont-Blanc, Grégoire Domenach a grandi dans les Alpes avant de suivre des études de sciences politiques à Montréal, au Québec. En 2014, il parcourt pendant plusieurs mois la Pologne, la Roumanie et l'Ukraine, ce qui lui inspire l'écriture du récit de voyage *Pysanka* et la réalisation de nombreux reportages. Il a également travaillé comme journaliste au Kazakhstan et au Kirghizstan entre 2016 et 2019. Son roman *Entre la source et l'estuaire*, publié en 2021, a été récompensé par le prix Marcel-Aymé.

W0252198

GRÉGOIRE DOMENACH

# *Entre la source et l'estuaire*

LE DILETTANTE

© le dilettante, 2021.
ISBN : 978-2-253-26262-6 – 1re publication LGF

*À Sabina Aïjan Arstanbekova,*

*À Ernest*

*C'est à mon ombre seulement que je puis parler comme il faut.*

Sadegh Hedayat

# I

C’est une étrange histoire que le temps n’est pas parvenu à éroder de ma mémoire. Elle remonte à plusieurs années, alors que j’accompagnais mon père, dont le métier était de convoyer des bateaux achetés en Hollande afin de les revendre en France. Dans le port de Leeuwarden, en Frise, il avait fait l’acquisition d’un vieux remorqueur, l’*Argo*, doté d’une coque en acier riveté qui venait d’être carénée dans les chantiers hollandais. Pour qui s’y connaît un peu en la matière, ce bateau était un véritable bijou et, en raison de sa rareté, pouvait se revendre une petite fortune… On descendit par les fleuves et les canaux à travers les Pays-Bas, la Belgique, les Ardennes pendant quatre semaines, et ce, jusqu’en Alsace, où nous disposions du contact d’un ancien marinier. L’homme était réputé pour son réseau d’acheteurs et de collectionneurs – on nous l’avait chaudement recommandé –, mais aucune proposition ne nous parvint. On resta à quai près d’un mois avant de reprendre la navigation. Mon père suggérait de tenir le cap de la Côte-d’Or et de rejoindre Saint-Jean-de-Losne : à l’écouter, les bateaux s’y revendaient très bien… On remonta le Rhin, lentement, l’*Argo* nous propulsant contre la force du courant, puis on bifurqua à hauteur de Niffer et, après quelques jours, on s'engagea sur le Doubs. La rivière serpentait entre les vallées de Franche-Comté, dans un paysage recouvert d'immenses forêts, des forêts denses de sapins sombres et de feuillus, jalonnées de villages où se dressaient de belles maisons en encorbellement. Le lit du Doubs s'élargissait et se rétrécissait, encaissé entre les parois de falaises empanachées de pins. À certains endroits, il fallait rester vigilant à cause du faible tirant d'eau ou des variations de courant. Nous allions seuls sur la rivière, méandre après méandre, et au crépuscule on dénichait une petite crique abritée du vent, afin de jeter l'ancre et passer la nuit. Le soleil disparaissait derrière les montagnes au moment où montait le coassement des grenouilles. Puis, après le dîner, lorsque mon père rejoignait sa cabine, je demeurais un long moment sur le pont à fumer une cigarette, lire un peu, savourer un verre de kirsch tout en contemplant la lune. Elle était pleine, ronde, bien enflée, distincte à la surface de la nuit comme un ocelle sur l'aile d'un papillon. Son reflet s'allongeait sur la rivière, enivrant les poissons qui venaient crever la surface, comme s'ils cherchaient à boire le lait de la lune. Sur le pont arrière, je réfléchissais à un tas de choses, en particulier au sens que je voulais donner à ma vie… Non seulement je me sentais étranger à tout impératif du monde moderne, mais je ne savais surtout rien faire d'autre que naviguer sur les cours d'eau. Pour preuve : le seul permis que je détenais était le permis bateau… Je ne pouvais me targuer d'aucun diplôme, ma vie s'était résumée jusqu'ici à seconder mon père à bord de la péniche qu'il avait pilotée sur le Rhône, la Saône, la Seille, durant des années, avant que le métier ne tombe dans l'escarcelle de la désuétude. C'était la raison pour laquelle nous nous étions reconvertis dans la revente de vieux bateaux. Avec plus ou moins de succès. Au cours de ces soirs de solitude, à bord de l'*Argo*, mes yeux et mes pensées s'en remettaient à la bougie que je disposais sur une petite table de bois, à l'arrière du poste de pilotage. La flamme attirait des nuées de moucherons qui se grillaient les ailes et se jetaient comme des kamikazes dans la cire brûlante. Tout autour du remorqueur, l'épaisse et mystérieuse végétation du rivage tombait dans l'eau, à la façon d'une obscure mangrove où les chants d'oiseaux faisaient écho à ceux des batraciens, parfois interrompus par des craquements de branches. La chaleur s'atténuait, une fraîche humidité remontait de l'eau et la nuit ensevelissait les montagnes, la forêt, la rivière… En journée, on avait parfois la sensation de remonter l'Amazone ou l'Orénoque, ou l'un de ces fleuves mythiques, tant cette forêt sauvage épousait les contours de l'eau, se mêlait à elle dans des camaïeux de verts et des combinaisons de bleus. Toute la nature ployait sous la courbe d'un ciel immensément radieux.

Et puis il y eut ce port bordant un village signalé par un pont de pierre aux arches étroites, dans lequel je fis pénétrer le remorqueur. Je manœuvrai délicatement pour l'amarrer face à l'accastillage puisque mon père projetait de réparer la pompe de cale. J'attachai les cordages tout en observant les bateaux alignés le long des pontons où se tenaient quelques pêcheurs, avant d'errer sur les quais. Le ciel, nuageux, ressemblait à une plaque de marbre veiné de filaments bleuâtres, percée d'une grande tache solaire. Mon regard descendit alors sur l'écriteau d'un troquet – *Bar de la Capitainerie* – qui réveilla en moi l'envie d'une bière fraîche ; l'endroit était vide, hormis un client assis à l'une des tables du fond, et la tenancière, une dame replète qui s'empressa de me parler de la météo. Plongeant mes lèvres dans la bière, je jetai un bref regard à la présence du seul client des lieux : sa silhouette se découpait dans l'ombre d'une alcôve de pierre, sous l'horloge, qui annonçait dix-sept heures. Son visage, en partie masqué par les pages d'un journal, m'intriguait – ou, pour le dire plus exactement, ce qui m'intriguait était sa façon de lire. Son regard fuyait sur le papier, sans afficher aucune des expressions habituelles de désinvolture, de mépris, de joie ou de colère de ceux qui lisent un quotidien. Paupières immobiles, regard indifférent, il lisait son journal comme l'aurait lu un aveugle. Son chien s'était approché de moi, son pelage était de la couleur de l'orge et ses oreilles pareilles à du velours entre mes doigts. Je commandai une autre bière tandis que la patronne s'alarmait sur l'orage à venir :

— Ah ! ça, ils annoncent des orages pas croyables ! Vous faites bien d'être au port… Faut dire qu'il a fait lourd ces derniers jours, hein. Vous avez dû le sentir en bateau, non ? Maintenant ici, c'est comme sous les tropiques. C'est Didier, mon mari, qui dit ça. Il connaît bien, lui, les tropiques, avec son frère et sa belle-sœur. Ils y allaient souvent, à la Martinique et à Marie-Galante. Paraît que c'est un sacré bordel, maintenant, les îles. Vous connaissez, vous, les Caraïbes ?

— Je situe…

J'étais tenté d'aller m'asseoir afin d'avoir la paix. Je vagabondais dans mes pensées quand le grincement d'une chaise m'alerta : l'homme s'était redressé et avait repris sa béquille en main. Affublé d'un veston élimé, d'un pantalon en toile bordeaux et de souliers sombres, il claudiqua laborieusement jusqu'au comptoir où il dispersa quelques pièces. J'aperçus les cicatrices qui fendillaient la moitié de son visage : une balafre, notamment, partait du sommet de son crâne, descendait en équerre sur la tempe et lui traversait l'oreille. Le lobe était morcelé, comme si on l'avait mordu, et, sur la partie supérieure de la nuque, la peau était criblée de trous plus ou moins gros. Au niveau de la mâchoire et du menton, c'était pire encore : une multitude de petites cicatrices lézardaient sa peau. Je croisai son regard à la dérobée – des yeux de faïence bleus, perçants –, et j'eus presque un mouvement de recul tant ce visage m'horrifia. Il remercia la patronne, émit un sifflement à l'adresse de son chien puis se remit en marche d'un pas malhabile, comme s'il allait tomber d'un moment à l'autre. Je le vis traverser la chaussée avant de disparaître au carrefour, et je me tournai ensuite vers la patronne :

— Eh ben ! Sacrément amoché, celui-là…

— Ah ! ça, déplora-t-elle, le pauvre. Et des fois, je pense qu'il n'a plus toute sa tête…

— C'est le cas de le dire. Comment il s'est retrouvé dans cet état-là ?

Je vis changer abruptement son humeur, de même que l'expression de son visage.

— Oh, c'est un revenant, lui… Un revenant, Lazare. C'est pour ça qu'on le surnomme « Lazare », d'ailleurs.

Je vais vous dire : on a même changé un nom de rue pour ce gars-là.

— Un nom de rue ? m'exclamai-je.

— Un nom de rue, oui, tout à fait. On a renommé une rue, enfin, c'est un petit chemin en impasse, à la suite de son histoire. Oh là là ! Et quelle histoire ç'a été ! Un couturé, Lazare, c'est un grand couturé. Mais moi, je ne la raconte pas, son histoire. Quand on sait pas le fond des choses, on n'en parle pas.

La tenancière venait d'éveiller ma curiosité. Je l'observai, j'observai sa gêne plutôt, apparue si soudainement.

— Et lui, il la raconte, son histoire ?

— Pouvez toujours essayer. De toute façon, vous êtes pas amené à rester ici, alors s'il la boucle et refuse de vous parler, ce qui me paraît le plus probable, vous aurez oublié sa tronche dès la prochaine écluse. Je mettrais ma main au feu qu'il la racontera pas, son histoire…

Je fis tourner mon verre presque vide sur le comptoir en laiton, tout en me distrayant avec les bulles de bière qui remontaient à la surface. Je restai silencieux un long moment, absorbé par les bibelots et les colifichets qui ornaient le mur. Sur des étagères en hauteur, des théières et des tasses en porcelaine arboraient des motifs de fleurs, de baies, de fruits, dominant des cartes postales et des photos encadrées. Des maillots de football, probablement ceux du club local, se tenaient contigus à un large miroir où, aux angles, étaient exposées des pochettes de vinyles montrant le visage souriant et l'air naïf de chanteurs depuis longtemps oubliés. Une odeur de tabac, de cuir usé, pesait dans l'air ; je me tournai vers les banquettes mordorées et les tables du bistrot. Le sol était éclaboussé d'une lumière pâle, légèrement safranée. La tenancière dut lire la circonspection sur mon visage.

— Il mord pas, hein ! Moins aimable que son chien, Lazare, mais il mord pas… C'est un taiseux, il vient ici boire son café, chaque jour ou presque. Toujours à la même heure. Votre seule chance, c'est de l'approcher quand il se promène sur le port…

— Sur le port ? Pourquoi sur le port ?

— Il loge sur une péniche à l'extrémité du quai, au dernier ponton. Un bateau au nom allemand, le *Beethoven*, quelque chose comme ça. Enfin, vous verrez bien…

D'autres clients entraient à présent, des ouvriers des voies navigables, qui saluaient la tenancière d'une voix virile et déplaçaient les chaises pour s'installer. J'avais fini ma bière et je décidai de quitter les lieux, cheminant dans une ruelle escarpée avant d'obliquer sur ma gauche pour emprunter une venelle couverte de lierre qui menait au centre du village. Une fontaine se dressait au milieu de la place pavée, près du monument aux morts que je contournai, et d'où, par un effet de perspective, le clocher de l'église surgissait des toitures de tuiles. Je passai devant les façades austères aux volets clos : il n'y avait pas un chat dans les rues. Je m'assis sur un banc près d'un tilleul, déçu en constatant que, de l'autre côté de la place, la boulangerie avait fermé ses portes. Définitivement. *À vendre*, pouvait-on lire sur un écriteau. Les rues de ce village sentaient l'absence et la mélancolie. Je n'avais plus de cigarettes, je me relevai et avançai dans une rue où je trouvai une épicerie ouverte. Naviguant entre les rayons, je saisis une boîte d'œufs, une bouteille de vin, quelques légumes un peu flétris, quand soudain je vis passer comme une ombre l'homme au visage abîmé… Lazare. Le dos courbé, il s'emparait d'une boîte de conserve et d'un pack de bières. Je l'observai ensuite se diriger, en boitant, vers la caisse où il paya avant de sortir. L'homme n'avait eu aucun mot, aucun signe de cordialité élémentaire à l'égard de l'épicier, et quand je demandai à ce dernier, quelques instants plus tard, qui était le client précédent, il haussa les épaules.

— Et vous, vous êtes qui, vous ? me demanda-t-il, la mine renfrognée.

— Je suis de passage, en bateau, avec mon père. On est au port pour la nuit.

— Quand on est de passage, faut le rester. 'désirez autre chose ?

— Des cigarettes. Merci.

Je payai, sortis du magasin et me glissai sous les arcades, le ciel marmoréen était maintenant d'une couleur gris perle, déchiré par les éclairs ; la masse de nuages s'illuminait comme par en dessous, à la façon d'une guirlande défectueuse. La foudre s'abattit à proximité du village dans l'éclat d'une grande détonation. Puis elle fulgura à nouveau, sur le sommet d'une montagne, et je décidai de retourner sur mes pas, descendant vers le port alors que les premières gouttes de pluie piquaient mes bras.

Les deux jours qui suivirent furent si pluvieux que nous restâmes à bord. Un épais brouillard, provoqué par la chute de la température, s'était maintenant répandu sur le village et ses environs. On se serait cru en automne… J'en profitai pour poncer les boiseries dans les cabines, vérifier les cordages, nettoyer les filtres du générateur et revisser quelques écrous paresseux. On ne manquait pas de travail à bord de ce vieux remorqueur. Mon père était inquiet à l'idée de sa revente à prix cassé, et j'essayais comme je pouvais de le rassurer. Chaque navigation incarnait une forme de prise de risques pour ses finances… La nuit, j'écoutais la pluie pianoter inlassablement sur la coque du bateau, les pontons, la rivière, et j'avais, je ne sais pourquoi, de la difficulté à trouver le sommeil. C'était comme si mon intuition cherchait à me mettre en garde sur ces lieux… Le troisième jour, lors d'une brève accalmie, j'accourus au *Bar de la Capitainerie* où se massaient les pêcheurs et les habitués. Aucune trace de l'homme au visage fendu, Lazare. Sans ménagement et avec une grande maladresse, je remis le sujet sur la table, auprès de la tenancière ; cela me valut aussitôt des regards irrités. À ma droite, un homme aux joues couperosées, habillé d'une veste en tweed un peu anachronique, me lança d'un air embarrassé :

— Lazare, cette épave, moi, je vais vous dire, c'est quand même terrible ce qu'il a fait. Je lui pardonne pas. Il n'a rien respecté… Si sa mère, elle l'avait vu faire, je peux vous dire qu'elle aurait eu honte, une de ces hontes…

— Arrête de le juger, toi ! coupa la patronne. On saura jamais ce qui s'est passé là-haut. Et sa mère, tu la connaissais à peine, ne viens pas nous bassiner.

— Cette raclure de Lazare, il aurait pu foutre le village à feu et à sang avec ses conneries ! Tu veux que j'te rappelle ce qui s'est passé après la mort du vieux Fernand ? Qu'à cause de cet obsédé de Lazare, on aurait pu tous finir six pieds sous terre ! Moi, j'oublie pas, désolé !

— Mais qu'est-ce qu'il a fait ? ai-je glissé.

— Non ! objecta la patronne. Vous, j'ai déjà dit qu'on n'en parlait pas… Pas dans mon bistrot. Y a eu assez de bobards racontés sur cette affaire !

— Trop facile, ça ! rétorqua le même individu dont les rouflaquettes jaunissaient aux commissures des lèvres. Va donc dire ça à la famille de Fernand, tiens, va donc leur parler sur ce ton-là ! tu verras comment qu'ils vont t'accueillir…

— Paix à son âme, corrobora un autre client au bout du comptoir, qui nettoyait ses lunettes avec un carré de tissu. (Il avait un visage glabre, au teint olivâtre, incrusté d'yeux bovins.) Paix à son âme, oui… C'était pas le mauvais bougre, que je dis toujours… Il était pas sans qualités, le Fernand.

— Monsieur, m'enjoignit la patronne, si vous voulez connaître son histoire, à Lazare, vous avez qu'à lui demander. Je crois vous l'avoir déjà dit.

Elle se retira dans l'arrière-salle, le regard désobligeant. Ses bras portaient un plateau garni de tasses de café qui laissaient flotter une odeur agréable. Lâchons l'affaire, ai-je pensé, ça va mal finir.

— Je suis d'accord avec la Simone, moi ! lança un autre type au comptoir. En plus, chacun ici ramène toujours sa version des faits… Ce qui se passait là-bas, dans la tanière du doc, c'est plus tellement notre problème. Et c'était il y a longtemps…

L'homme déversa des pièces sur le comptoir, vida

son verre et les lieux. Je l'imitai et, retournant à bord de l'*Argo*, je fis mention de la scène du bar à mon père – davantage préoccupé par l'avarie sur la pompe de cale.

— Méfie-toi des rumeurs, me conseilla-t-il. Les ports grouillent toujours d'histoires de familles, de problèmes de successions, de trucs pas nets... Les rivières, parfois, c'est pire que du formol pour conserver les rancœurs ! Quand on remue la vase, ça remonte toujours à la surface.

Les mains de mon père étaient noires de cambouis à force d'avoir tripatouillé dans le moteur, et il me rappela que j'avais omis de changer l'écrou d'un hublot. Je m'y attelai dès le lendemain matin, et m'interrompis vers dix heures afin de remplir un seau avec l'eau de la rivière. Je sautai de l'*Argo* sur le ponton que je fis trembler de tout mon poids, et tombai presque nez à nez avec Lazare. Il se tenait devant le remorqueur, à un mètre de moi. Je ne l'avais pas vu. Il fumait une cigarette, une main posée sur le pommeau de sa béquille, son chien près de lui. Un rayon de soleil éclairait son visage et son regard fixait la rivière ; il me salua d'un simple hochement de tête, cordial. Puis il se remit en marche sur le ponton, tandis que je l'apostrophai pour lui demander sur quel bateau il résidait.

— Sur le *Ständchen*, au fond, répondit-il d'une voix rauque. Et vous, le remorqueur, c'est le vôtre ?

— Oui... mais seulement pour un temps... On l'a acheté aux Pays-Bas et on part le revendre en Bourgogne, à Saint-Jean-de-Losne.

— Ah ! c'est ça, le drapeau hollandais, à la poupe... J'avais cru que vous étiez de là-bas. C'est un fichu beau rafiot, ce remorqueur ! Il y aura un peu de boulot pour le retaper, mais il a encore de belles années devant lui.

— Où ça, vous voyez du boulot ?

— Sur le mât. Le bois autour des soudures me paraît avoir été infiltré…

Lazare esquissa un sourire qui déforma le bas de son visage, sa voix était gutturale et franche, avec un fort accent local, et je réalisai soudain que l'un de ses deux yeux était un œil de verre. À peu près de la même couleur que l'autre, mais d'un bleu azuréen quand l'autre était plus sombre. Il leva le bras, dressa sa béquille pour me désigner un point du bateau affecté par la rouille, puis continua d'inspecter la coque.

— Un fichu beau bateau… ça… longtemps que je n'en avais pas vu un d'aussi élégant ! C'est chouette, de voir des bateaux comme ça…

— Vous êtes d'ici, je suppose ?

— D'ici… tout à fait, d'ici. Je pêche, moi. Je fais un peu comme vous, je prends ce que la rivière me donne et je le revends. Sauf que mon petit commerce est moins fructueux… et qu'il a des écailles ! Mais dites, on s'est vus quelque part, vous et moi, ou je me trompe ? Votre visage, là, ça me dit quelque chose.

— On s'est croisés, brièvement, au bar du port. Il y a trois jours.

— C'est ça… Je vous remets. Vous aviez été gentil avec mon chien.

Il acquiesça sans me quitter des yeux.

— Je vous envie, lâcha-t-il… les bateliers, les plaisanciers, les revendeurs de rafiots… vous arrivez comme ça, vous vous amarrez, puis vous repartez sur la rivière. Et vous recommencez, à ce port ou un autre. Déjà, quand j'étais gamin, j'adorais les regarder voguer, les péniches de commerce. On leur vendait du poisson, avec les copains…

— Et votre *Ständchen*, il ne peut plus naviguer ?

— Il pourrait. Les péniches comme celle-ci, c'est increvable. Increvable !

Il sembla perdre l'équilibre en se déplaçant d'un pas de côté, mais ce ne fut qu'un chancellement. Sa main se posa sur l'acier du bastingage, puis il la fit coulisser, doucement, tapotant de sa béquille sur l'un des pare-battages. J'observai ses gestes lents, précis, il agissait comme s'il cherchait à examiner chaque élément du remorqueur, d'un œil de rapace, évaluant ce qui passait sous la lame de son regard. Son chien demeurait assis entre nous, flairant avec attention les effluences que la rivière apportait. On palabra un long moment sur le ponton, un moment assez long pour que Lazare se mît à me tutoyer, ce qui me surprit, sans compter qu'un coup il me vouvoyait, puis me tutoyait la phrase d'après, comme s'il ne savait pas sur quel pied danser, et moi non plus. Cet homme devait approcher la cinquantaine, mais il en paraissait dix de plus, au bas mot. Immobile devant la poupe du remorqueur, il ressemblait à une statue – une statue qu'un sculpteur aurait ratée, ou saccagée volontairement, tant son visage était fissuré de toutes parts. Ses tempes étaient creuses, son teint cireux, le sommet de son crâne dégarni, sa mâchoire formait des angles sévères, mais, en réalité, assez nobles. À l'évidence, l'ossature de son visage et de son corps témoignait d'une beauté passée, à l'état de vestige. Il avait dû être, autrefois, un homme vaillant, un bel homme même, à en juger par sa musculature imposante. Mais ce visage, oui… ce visage vous glaçait d'effroi ! Déformé par ce qui semblait être une succession d'opérations, il évoquait l'une de ces gueules cassées qu'on retrouve dans les livres sur la Grande Guerre ; outre cette cicatrice qui lui traversait le front, une multitude de pointillés, roses et renflés, lui grêlait la moitié gauche de la figure. La peau ressemblait à un tissu rapiécé, comme retouché par une machine à coudre. Nous discutâmes du village, puis d'une péniche qui avait échoué sur les berges de la Meuse. Lazare avait de l'humour, un fond de joie ironique, qui contrastait avec son air taciturne. Il m'entretint sur les bateaux-hôtels remplis d'Américains et de Chinois qui descendaient le Rhin, et qui saluaient les locaux dans les ports, avec une vitalité étonnante, rarement réciproque. Sa fille travaillait en qualité de serveuse à bord d'un de ces mastodontes. On arpenta le ponton jusqu'à atteindre sa péniche, le *Ständchen*, et, devant l'étrave, je me décidai à jouer ma dernière carte pour le pousser à me raconter son histoire. Je n'avais pas grand-chose à perdre, après tout.

— Eh dites, l'autre jour, au bar, où on s'est vus, la patronne m'a dit que les gens d'ici vous surnommaient « Lazare »… Elle n'a rien ajouté, mais la manière dont elle parlait de vous… et les clients aussi… Comment dire, c'était assez incompréhensible. Je ne voudrais pas être indiscret, mais ils n'ont pas l'air de vous porter dans leur cœur par ici.

Je m'attendais à une réponse acerbe, mais il n'en fut rien.

— Oui. C'est vrai. Les gens d'ici… Et pas que d'ici, je vous rassure : tout autour, ils parlent de moi. Dans mon dos, jamais quand je suis là. Ils me craignent, ils me calomnient, parce que ça, faut dire, ils savent faire. Dénigrer, c'est leur grand talent… Et puis, après ce qui s'est passé, ils ont le bavardage facile…

Il s'interrompit, se tourna vers son chien comme pour obtenir une approbation, puis reprit en me fixant de son œil unique.

— L'ennui, chez beaucoup de gens, ça explique leur lâcheté. Leur lâcheté ou leur égoïsme, vissés dans les boyaux… Alors oui, chacun y va de sa petite histoire, de sa version des faits…

— Mais de quels faits, exactement ? coupai-je.

— C'est une vieille histoire, vraiment… une histoire révolue, finie. Et puis, vous voyez, elle s'est déroulée il y a plus de dix ans… treize, pour être exact. Alors c'est dire si depuis de l'eau a coulé sous les ponts… mais c'est à croire que non, que ça leur donne une raison de vivre, ça : parler, parler, et parler encore sur le compte des autres… Parce qu'ils n'ont rien d'autre. Le ragot, c'est l'art des gens sans passion.

— Mais pourquoi est-ce qu'ils vous surnomment « Lazare » ?

— Lazare, Lazare… Donner des surnoms, ça les émoustille, ces cons-là.

Il s'arrêta, hésitant, puis détourna la tête. Il allait reprendre mais garda le silence.

— Je ne voulais pas paraître indiscret, ai-je confié. Je n'insisterai pas. Vous l'avez dit, nous ne faisons que passer…

— Je vais te la raconter. Enfin, je peux essayer… Ça fait longtemps. Mais pas ici, pas sur ce ponton. Ni dans ce village. Sans compter que ma jambe ne supporte plus mon poids… La pêche, tu aimes ça ? Tu t'y connais un peu ?

— Je me débrouille.

— Parfait. C'est très bien pour palabrer, la pêche. On ne sera que toi et moi sur la barcasse… Demain matin, sept heures… Rendez-vous ici. Je tâcherai de faire bref, parce que cette histoire, elle n'a aucun intérêt, je t'aurai prévenu… C'est rien qu'un fait divers.

Il emprunta la planche qui servait de passerelle et accéda au *Ständchen*, le chien sur ses talons. Brusquement, il se retourna, droit et ligneux, appuyé sur sa béquille. Le soleil l'aveuglait.

— Je te préviens : sept heures pile, je quitte le quai. Et crois-moi, si j'étais à ta place, je filerais plutôt un coup de main à mon vieux…

## II

Sur les rives on distinguait mal la cime des arbres, tout juste quelques branches cassées qui surgissaient comme des pieux entre les formes exubérantes des saules et des ormes. La rivière s'enfonçait dans la brume, une odeur de terre glaise et de vase flottait dans l'air. L'humidité poissait sur nos visages et la barque dérivait depuis de longues minutes, sans aucun bruit, hormis de rares clapotis contre la coque. Un poisson, parfois, crevait la surface en déclenchant une onde aussitôt évanouie, et Lazare, coiffé d'un chapeau de feutre, gardait le silence depuis qu'on avait quitté le port. Il jetait la ligne, dévidait, patientait de longues secondes, moulinait et sortait l'hameçon hors de l'eau. Puis il relançait, feignant d'ignorer ma présence. Il valait mieux s'armer de patience avec un type pareil… La brume se dissipait, elle dansait à la surface de la rivière et la vallée se découvrait maintenant comme au travers d'un verre dépoli. Au-dessus de nos têtes, les nuages se détricotaient dans le ciel, de telle sorte qu'une lumière ambrée irradiait sur les flots : la rivière se parait de reflets lumineux, comme ceux de grandes taches d'huile, tandis que certaines nuances cuivrées glissaient le long de la grève. Le soleil du matin illuminait les alluvions qui flottaient sur le bord. Je bâillai, à répétition. Les yeux rivés sur des chapelets de nénuphars qui se tenaient comme les îlots d'un archipel. « Y a pas plus grégaires que les nénuphars, comme espèce… Plus collés que des taulards dans une cellule », venait de jeter Lazare, seule phrase en une heure de temps. Phrase à laquelle on pouvait ajouter quelques indications, plus ou moins pertinentes, sur la profondeur de l'eau à tel ou tel endroit… Il y eut un volettement, lointain, les caquètements d'une poule d'eau, avant le retour de l'impérieux silence du matin. Lazare écarta la barque de la rive où des entrelacs de branches tombaient dans l'eau, et où, à travers la surface, on apercevait des algues qui menaçaient de s'enrouler dans l'hélice.

— Bon, alors, Lazare, cette histoire ? demandai-je, pour la troisième fois.

Il sentait mon agacement. Je frissonnai de froid. Lui porta à ses lèvres la tasse-couvercle du thermos où fumait le café, tout à fait indifférent.

— Vous comptez m'en parler ou pas ? insistai-je. Je ne suis pas là pour vous ennuyer, moi, vous savez.

— Je sais.

Ça ne déclencha guère plus de réactions. Depuis une heure qu'on se trouvait embarqués, Lazare n'avait pêché qu'un sandre – trop petit, qu'il avait relâché – et deux barbeaux. Il releva la tête vers moi, l'air soucieux.

— Il y a souvent de la grémille, par ici.

— De la grémille ?

— Ouais… Vigoureuse, la grémille. Et vorace, attention ! Faut savoir être patient… Même si je préfère la perche, moi. Un bon filet de perche, au beurre… comme ma mère les faisait. Un régal !

Il se fout de moi, ai-je pensé. Et il a bu – sans être saoul, non, légèrement aviné, comme le sont les alcooliques au matin pour affronter le jour à venir. Histoire d'apaiser les tremblements. Le rideau de brume finissait de se lever, une douce lumière perçait de biais et apportait un peu de chaleur. Lazare posa la canne à pêche, la mine raffermie, puis il enclencha le moteur et accéléra brusquement, l'étrave se cabra et des embruns jaillirent sur mon visage. Il semblait avoir pris une décision. On progressa sur plusieurs centaines de mètres quand soudain il arrêta le moteur ; la barque continua de glisser sur son erre. Alors il tendit le bras en direction de la rive, désignant une structure bétonnée et posée entre de vulgaires parpaings. Quelques passereaux étaient perchés sur un parapet au mortier altéré.

— Tu vois, là-bas ? C'est l'ancien embarcadère, celui du bac… On y arrive, mon gars. C'est ici que tout a commencé. Ici précisément. Le bac permettait de traverser la rivière avant qu'ils ne construisent un pont à trois kilomètres d'ici. La liaison s'est arrêtée, faute de passagers.

Il se tut. Nous nous trouvions à une trentaine de mètres de l'embarcadère abandonné, tagué de graffitis illisibles, avec ses anneaux rongés par la rouille, ses bittes d'amarrage, sa rampe qui s'enfonçait dans l'eau.

— À cet endroit partait le bac, reprit Lazare. Mais ce jour-là, il n'y en avait pas, à cause d'un problème mécanique. J'étais venu pêcher, comme souvent. À l'époque, je travaillais sur les chantiers, je suis menuisier… Et je me débrouille aussi dans la charpente. Donc, j'étais seul avec mon chien, ce jour-là, pas celui que tu as vu… celui d'avant… Je vois tout à coup deux personnes sur l'embarcadère, qui attendent. J'approche et je leur crie : « Oh ! Pas de bac aujourd'hui ! Il est en panne ! » Et forcément, je me propose de les faire traverser grâce à ma barque. Ils acceptent, j'accoste, ils montent, enfin… ils montent… aussi maladroits que des pingouins, ces deux-là, mais ils y arrivent ! Je remarque surtout qu'ils ne sont pas d'ici. « On habite en face, me dit l'homme. On vient d'acheter la maison, sur le terrain en pente, après les peupliers. » Cette maison, je la connais bien : c'est celle du docteur Moreau, mort l'année précédente. Un ivrogne, mais sympathique. Ses gamins venaient de vendre la bâtisse. D'ici c'est difficile de la voir, à cause des arbres… Je te la montrerai plus tard. C'est une vieille maison, dans un style manoir, qui a beaucoup de cachet, avec des fondations épaisses, en pierre, et un toit de lauzes avec des pignons à redents. Les grands balcons donnent sur la rivière et les collines, oui, c'est une très chouette baraque… Autant te dire que pour s'en acheter une comme celle-ci, et pour l'entretenir, sans compter le terrain de plusieurs hectares autour, il faut posséder quelques billes… L'homme en a, ça se voit. Le gars a l'air content de son acquisition. Sa femme est étrangère, elle a la peau mate, des yeux bridés, des pommettes bien rondes… et une vive intensité dans le regard. Elle est surtout beaucoup plus jeune que lui : il a plus de soixante ans quand elle en affiche environ vingt-cinq. Allez, trente, tout au plus. J'avais même cru que c'était sa fille… Elle portait un châle autour du visage, qui faisait ressortir ses yeux sombres, et une écharpe aussi, cachant ses lèvres et sa gorge. Nous voilà au milieu de la traversée quand le type me lance : « Dites, vous connaissez la fable du scorpion et de la tortue ? C'est une fable de l'Antiquité. — Non, je ne connais pas. — C'est l'histoire d'un scorpion, sur le bord d'un fleuve, qui voit une tortue sortir de l'eau. Il lui dit : "Bonjour, madame la Tortue. Auriez-vous l'extrême amabilité de bien vouloir me faire traverser, je vous prie ? — Je ne suis pas folle ! répond la tortue. Je connais le danger que représente un scorpion. Passez votre chemin ! — Mais enfin, vous faites erreur, dit le scorpion. Si vous me prenez sur votre carapace pour traverser, je ne peux pas prendre le risque de vous piquer : je me noierais aussitôt ! Nous, les scorpions, nous ne savons pas nager, et je n'ai pas envie de finir noyé ! — Ça, c'est vrai..." concède la tortue, touchée par l'argument et la cordialité du scorpion. Prise de compassion pour l'animal, elle accepte de le laisser monter sur sa carapace avant d'entrer dans l'eau. Voilà qu'ils ont presque atteint l'autre rive, quand la tortue sent une terrible douleur dans le cou ! Le scorpion vient de la piquer de son dard mortel ! Le venin se propage, il la paralyse déjà, et alors qu'elle s'apprête à mourir, elle lui jette : "Malheureux ! mais... mais pourquoi as-tu fait ça ?! Nous allons mourir tous les deux, maintenant ! — Je sais, répond le scorpion... Je sais bien. Mais c'est dans ma nature, c'est plus fort que moi. Je n'ai pas pu m'en empêcher." Et voilà que la tortue coule avec le scorpion, et tous deux périssent dans le fleuve. » Voilà la fable que me raconte ce type, avant d'ajouter : « Mais c'est une plaisanterie, bien sûr ! Je ne suis pas un scorpion : je sais nager, et vous n'avez rien d'une tortue. Vous êtes notre nautonier ! » Notre « nautonier », il me sort comme ça, je me souviens.

Moi, je ne savais pas ce que c'était, un nautonier. Puis il me parle d'un fleuve en Afrique, le Zambèze, qu'il a traversé en pirogue. Je ne vois pas bien le rapport avec le Doubs, mais enfin… on sympathise là-dessus. Bref, je débarque sur la terre ferme le couple qui me propose de venir boire un verre chez eux, histoire de me remercier, et on emprunte le chemin qui serpente au milieu des champs et des peupliers. L'homme s'appelle Endrik Fornblung : c'est un Allemand qui réside en France, à Paris, depuis plus de trente ans. Un ancien pilote de ligne, à la retraite, qui est aussi chanteur d'opéra dans une chorale suisse. Sa femme me tend la main et se présente à moi : Ouliana, c'est son prénom… je lui ai fait répéter deux ou trois fois avant de comprendre. Chez eux, on s'est installés dans la grande véranda, et je sens que ça lui fait plaisir d'inviter un gars du coin : il me fait parler, me questionne, on palabre un bon moment autour d'une bière. D'ailleurs, je me souviens de tout, maintenant que je suis lancé, je vais te la raconter en entier et en détail, mon histoire… c'est rien qu'un fait divers, mais crois-moi, mon gars, le bon Dieu m'a muni de la meilleure mémoire qui soit… Je n'oublie rien, moi, j'ai la mémoire tenace.

Lazare passait le bout de sa langue sur ses lèvres pour les humidifier, le rythme de ses phrases s'accélérait et le timbre de sa voix se faisait plus profond, plus précis. L'envie de parler semblait surgir, d'un coup. Il releva le bord de son chapeau au-dessus de son front et croisa mon regard.

— Fornblung et sa femme m'ont reçu ce soir-là mieux qu'un prince. À l'apéro, ils sortent les olives et le foie gras, avec de la confiture qu'elle a faite elle-même, Ouliana, et puis Fornblung tient à ce que je reste pour dîner… Il insiste, évoquant le destin qui nous a fait nous rencontrer. Il débouche une bouteille de rouge, on passe à table. Sa femme a enfilé une très belle robe, je me souviens, une robe jaune-orangé. Elle me pose des questions sur notre village, et j'y réponds, de façon évasive. Dès ce premier soir, j'ai été troublé par la beauté de son corps… Son visage est ravissant, avec des traits fins, des yeux sombres et vifs. Elle a cette élégance, quand elle se déplace dans les pièces de la maison, cette démarche… sûre d'elle et de son pouvoir de séduction, mais sans rien d'arrogant ou de hautain là-dedans. J'essaie de te décrire cette femme du mieux que je peux, on s'entend, je ne suis pas poète pour deux sous… mais son regard, oui ! Son regard est à la fois doux, mystérieux, lumineux, et puis il y a ses cheveux, ses longs cheveux noirs qui descendent jusqu'au bas de ses reins. Noirs et brillants comme les ailes des corbeaux… Quand elle passe sa main dans ses cheveux, ce soir-là, c'est avec beaucoup de délicatesse… Ouliana parle un français qui est bon, enfin disons correct, compréhensible, et si on ne la comprend pas, Fornblung se charge de traduire du russe vers le français. Elle est née au Kazakhstan et a vécu en Russie. Fornblung l'a rencontrée dans la capitale russe, à l'époque où il effectuait la liaison Berlin-Moscou en qualité de pilote de ligne. Il se lance ensuite dans une longue description de leur mariage, à Coblence, dans le château qui appartient à sa famille… Je reste avec eux pour le dîner après avoir prévenu ma femme. Car oui, à cette époque, j'ai trente-quatre ans et je me suis marié dix ans plus tôt avec une fille du coin, Juliette.

Nous avons une petite fille, Élisa, âgée de quatre ans. Bien que je bosse comme menuisier, je fais aussi des extras dans la quincaillerie de mon père, histoire d'arrondir les fins de mois. On boit du vin, beaucoup ce soir-là, Fornblung débouche une bouteille qu'il vient de rapporter du Caucase, de Géorgie... Un vrai délice. Je passe une très belle soirée, un moment spontané, mes hôtes sont en tout point sympathiques, lui, par exemple, est doté d'un sacré sens de l'humour, et d'une énergie incroyable, avec toujours des anecdotes en tête... Il faut dire qu'il lui est arrivé un tas d'aventures dans la vie ! Il a fait le tour du monde à la voile quand il avait vingt ans, il a été marié trois fois, et s'est enfin passionné d'aviation, en attestent les photos et les maquettes dans la salle à manger. Ce soir-là, on a vidé trois bouteilles de grand cru à nous deux, et voilà que sur le coup de minuit, Ouliana lui demande de chanter, il refuse, mais elle insiste, elle le tance, et elle s'assoit derrière le piano pour l'accompagner... je me souviens... elle déliait ses mains sur le clavier... Et ni une ni deux, voilà que son mari, debout, se met à chanter ! Ivre, d'accord... mais quelle voix ! Une voix de ténor, nom de Dieu... il n'a fallu qu'une soirée pour que je sois subjugué... par l'aura de cet homme, par la beauté de cette femme, je ne sais même pas, au juste, ce que je faisais ici... au milieu des chandeliers, dans cette bâtisse de trois cents mètres carrés, le cul dans un fauteuil à oreilles, et tout ça parce que j'avais eu la gentillesse de les aider à traverser la rivière... Ouliana est partie se coucher, et Fornblung m'a invité à sortir dans le jardin. Il me montre la tonnelle qu'il aimerait faire réparer. Je l'assure pouvoir m'en charger : il s'agit de redresser la charpente, restaurer quelques poutres et les fixer, ce qui n'exige pas un travail herculéen. Et ce soir-là, donc, il m'engage, on se serre la main sous la tonnelle qui sent bon le bois pourri où les champignons s'agglutinent. Les torches éclairent le chemin de gravier qui mène à la rivière et qui se sépare en trois pour former une fourche. La nuit a des odeurs de fleurs. On entend le Doubs chanter, en contrebas… ah ! quelle soirée ! je m'en souviens comme si elle s'était passée hier. Fornblung me demande aussi si je peux m'occuper des anciens enclos, très abîmés, derrière la grange, en lisière de la forêt. Je me dis : Mon vieux, toi qui cherchais du travail, c'est inespéré ! Une aubaine ! Et alors qu'on s'apprête à se séparer, vers quatre heures du matin, il me demande si je peux l'emmener pêcher… Ça l'intéresse, qu'il me dit, tout joyeux, j'ai accepté. Le surlendemain, Endrik Fornblung embarquait avec moi. Ç'a été une très belle journée de pêche…

Lazare s'arrêta un instant, les yeux plissés, le regard oscillant entre la rivière et mon visage. Une douloureuse obstination se découvrait dans son œil. L'écho lointain du martèlement d'un outil contre de la tôle nous parvenait.

— Je te pose le décor. Tu suis ? demanda-t-il.

— Oui, mais j'ai une question : votre femme, quel est son métier ?

Lazare eut un geste de recul avant d'afficher une moue sceptique, mais il ne fut pas perturbé bien longtemps.

— Juliette est infirmière, en maison de retraite. Je reprends. Ma vie d'alors se résume à travailler le bois, à pêcher du sandre ou du brochet que je revends pour des broutilles aux restaurants du coin, notamment celui de Michel Lessner. Je sors rarement du village : une à deux fois par an, quand ma femme veut prendre des vacances. La mer m'ennuie, je déteste faire de la route, j'ai peur de l'avion et je suis insensible à d'autres paysages que cette rivière, ces forêts, ces montagnes. Je suis enraciné dans ce coin de pays, moi, dans cette parcelle de l'univers… Quoi d'autre pour te situer le décor ? Ma mère est en phase terminale d'un cancer, les chimiothérapies la bousillent… Mon père dirige la seule quincaillerie du village et le Doubs venait de m'apporter Endrik Fornblung et sa femme. Voilà, voilà donc où on en est… Lui, je l'ai emmené pêcher, à plusieurs reprises, on a tissé un vrai lien d'amitié. Nos différences, et Dieu sait qu'il y en avait, s'atténuaient grâce à nos activités en commun… on apprenait à se connaître. Et puis, je lui ai en quelque sorte *ouvert* les portes du village, je l'ai présenté à mes amis, aux personnes qui comptent dans ce coin perdu de Franche-Comté… Je connais tout le monde ici, tu vois bien. Fornblung, c'était un sociable, le type qui cherche la compagnie des autres, avec lequel on est sûr de passer un bon moment. Des poivrots de bars jusqu'aux commerçants, en passant par le doyen des lieux et les jeunes du club de foot, du curé au maire, de l'instituteur à l'idiot du village, j'ai fait les présentations… Donc, avec Fornblung, on devenait comme deux larrons en foire, il voulait tout savoir sur ce village. Très vite, tout le monde s'est mis à l'apprécier, ce qui ici, crois-moi, est une véritable prouesse, non pas que les gens soient bourrus ou antipathiques, mais ils n'ouvrent pas leur cœur et leurs bras facilement… Fornblung dégageait, comme je te l'ai dit, une belle aura, une sympathie naturelle… Malgré ses soixante-cinq ans, il avait l'énergie d'un animateur de bal musette. Et quelle intelligence ! Il aimait les gens, il savait les écouter, se mettre à leur place, et ça, forcément, ça marche. Où que vous vous trouviez dans ce monde, si vous écoutez les indigènes de la tribu locale, ceux-ci vous apprécieront aussitôt. Ils vous respecteront. Parfois même, ils vous aimeront. Et lui, il allait ainsi, de café en restaurant, avec le sourire, la main bienveillante, comme un politicien en campagne, il s'adaptait aux humeurs de chacun, et nous, j'entends, les habitants d'ici, on l'a pris en affection. Les jours se suivent, je suis tout le temps fourré chez lui, pour le travail de menuiserie et de charpente. Ouliana prépare à manger, prend des cours de piano, se passionne pour la photographie : Fornblung a transformé une des pièces en chambre noire avec une lampe inactinique pour le développement des tirages. Je la croise tout le temps, sur le domaine… Sa beauté m'attire… Et qui ne serait pas attiré par une jeune femme pareille ? Mais je n'ai aucune envie d'abîmer l'amitié que j'entretiens avec Fornblung, parce qu'avec lui, je dois dire… j'apprenais tant de choses… sur le monde, sur la vie, sur la géographie. Sur les femmes aussi, car Fornblung avait été un sacré coureur. Il aimait me parler des femmes africaines qu'il avait aimées, et de sa carrière d'aviateur en Afrique de l'Ouest, notamment d'un accident auquel il avait survécu : en Afrique, au Tchad, aux commandes d'un vieux coucou à hélices, il avait perdu ses deux moteurs et avait réussi l'exploit de poser l'appareil en pleine cambrousse, sans qu'il y ait eu de victime !

Imagine un peu, ici, sur ma barque, celle-là même où tu es assis, il me détaillait ses récits d'aventures et de pilotage en Afrique ! Un étrange bonhomme, oui… Et ces heures en sa compagnie ont été merveilleuses, crois-moi, lui qui apparaissait comme ça, dans notre patelin ! Pourquoi ici ? C'était cohérent : il voulait être proche de la Suisse pour sa chorale, à proximité de l'Allemagne pour sa famille, et assez près de Paris pour ses affaires. Car lui, il ne rigolait pas avec les affaires. La Franche-Comté lui donnait tout ça. La paix de la campagne en prime.

— Mais Fornblung était si riche que ça ? ai-je demandé.

— Ah oui ! Oui. Doué, surtout, très doué… L'argent, ce n'était pas un vain mot pour lui. Attention ! il n'était pas du tout avare, ou comptable, ou ostentatoire avec sa fortune, non, non… bien au contraire. Disons plutôt que la richesse avait une grande signification à ses yeux, et que la générosité représentait son pendant instinctif. Il se sentait incarné par la puissance de sa fortune, de son patrimoine, et il avait toujours été riche, grâce à l'héritage laissé par sa famille. Il aurait pu vivre comme un rentier, mais il s'était donné le mal de passer le concours de pilote, et il avait travaillé dur, parce que c'était tout le contraire d'un fainéant, Fornblung. Par ailleurs, je dirais que même s'il comprenait la pauvreté, et les difficultés financières, il ne les avait jamais éprouvées… Je ne saurais te dire combien d'appartements il possédait, en région parisienne, en Provence, en Allemagne… Il était aussi boursicoteur à ses heures perdues. Et j'ai vu plusieurs fois son gestionnaire de patrimoine lui rendre visite afin d'évoquer différents placements… passons… Après trois mois seulement de résidence dans notre village, on peut affirmer qu'il avait fait son trou… Et puis… voilà comment ça s'est passé, ensuite, un soir d'été, ce fameux soir d'été où nous avions dîné ensemble, Fornblung, Ouliana et moi, dans leur maison. La rivière chantait, on l'entendait très bien. Dans cette maison, elle était toujours avec nous. C'était le début du mois de juillet, j'avais travaillé toute la journée chez eux, à découper des planches et des lambourdes qui serviraient pour la réfection des enclos. La véranda était notre lieu de discussion favori, à Fornblung, Ouliana et moi, et assis dans les sièges en osier, on buvait du rosé. Et, ce soir-là, j'ai sans doute commis l'imprudence de trop la regarder, elle… Le désir montait en moi, à chaque fois que nos regards se croisaient, ça me prenait dans les tripes… la beauté de son corps, de son visage, de ses yeux en amande, l'intensité de son regard sous ses longs cheveux noirs. Elle est allée se coucher après le dessert. Fornblung avait bu, beaucoup, ce soir-là, il me tape dans le dos, il chante des conneries paillardes d'une voix de ténor, il raconte des anecdotes sur sa vie de pilote… Et soudain, il s'avance vers moi avec un sourire narquois, pour me dire de rejoindre Ouliana, de monter à l'étage la retrouver.

Lazare s'interrompit brièvement.

— Et il a répété cette phrase… « Monte voir Ouliana, elle est dans sa chambre. Va la rejoindre et dis-lui que je suis d'accord… » Et moi, en retour, je lui rétorque que je ne comprends pas de quoi il parle… Il sourit et me lance : « Tu en as envie, et elle aussi. Je vois très bien ce qui se passe, le petit manège, je ne suis pas idiot. Je sens les choses… C'est un peu le privilège de l'âge ! L'un des derniers, d'ailleurs. » Sa voix, à cet instant, comment dire, sa voix était sans nervosité, sans reproche. Il était joyeux, l'alcool le rendait de bonne humeur, et il m'a dit de monter les escaliers pour aller *voir* Ouliana. Il m'a demandé si elle me plaisait vraiment, il répétait comme ça : « Ouliana te plaît ? Oui ou non ? Je le sais, je me figure bien, ne t'en fais pas, qu'elle te plaît… C'est normal. Maintenant, n'essaie pas de me couper la parole. Ce n'est pas au vieux singe qu'on apprend à faire la grimace… Tu es amené à travailler un long moment ici, à la maison, et on commence à devenir bons amis. Tu adores ma femme. Tu aimes la regarder, comme d'autres gars du village. Avec moi, tu peux être franc et te livrer, sans concession, sans détour. C'est une femme désirable, Ouliana, une femme très séduisante… » Sur ce, il s'arrête. Nous sommes dans son salon, la chaleur de l'été entre par les fenêtres ouvertes, et Fornblung fume son cigare en relâchant de grandes bouffées. Il insiste en répétant qu'il me fait confiance, qu'il m'apprécie, et que la confiance est rare, précieuse. « Si tu as envie de faire l'amour avec Ouliana, tu montes la voir à l'étage. Elle comprendra, je suppose… Sinon on reste là, à picoler et se raconter des conneries, ça me va aussi ! À toi de voir… il faut prendre toutes ces choses, ces choses de la chair, avec un peu de légèreté… » Il a jeté cette phrase, exactement de cette façon, telle que je te la répète, « *avec un peu de légèreté…* » Sur le coup, j'ai bafouillé une réponse vague, je ne suis pas le genre de gars qui se laisse démonter facilement, mais là… Et il a dit : « Ouliana en a envie, je le sais… je le sens. Les femmes de son âge n'ont que ça en tête, ça les démange… Et je suis un vieux monsieur. Je suis un vieux monsieur. » Je le regarde, droit dans les yeux. Pourquoi un homme, peu importe son âge, proposerait-il à un autre homme de profiter du corps de sa femme ? Mais je vois à ses yeux… comment dire… j'ai le sentiment que ça lui fait plaisir, à Fornblung, cette idée-là. Alors je me suis levé sans un mot pour me diriger vers l'escalier en colimaçon, j'ai monté les marches, l'une après l'autre, poussé par un désir incroyable. Je me suis demandé un instant si tout ça n'était pas un coup tordu, une plaisanterie de mauvais goût… Peut-être qu'Ouliana allait éclater de rire quand je pousserais la porte de sa chambre ! Je me souviens encore des marches qui craquent, du corridor étroit et sombre que je traverse, de la porte entrebâillée de la chambre d'Ouliana. J'entre sans frapper. La pièce est éclairée par deux abat-jour et des bougies disposées sur une commode. Étendue sur le couvre-lit, Ouliana porte un simple peignoir qui laisse ses jambes à nu, elle regarde la télévision et se retourne, d'abord surprise, et va pour dire quelque chose, mais elle garde le silence. Ses yeux m'interrogent brièvement, puis me fuient, et elle se glisse au bord du lit. Ses cheveux noirs tombent en désordre sur ses épaules et sa poitrine. Elle éteint la télévision et, je me souviens très bien de cet instant… je m'approche d'elle pour prendre son poignet. Elle se redresse et me demande en chuchotant, avec son français marqué d'un accent fort, si son mari est d'accord. Je réponds que oui, il est d'accord. Son visage n'affiche aucune expression, tête baissée, pas tellement à la façon de quelqu'un qui se soumet, non, on aurait dit… on aurait dit qu'elle comprenait, qu'elle m'acceptait. Je prends son visage entre mes mains et ses lèvres s'abandonnent aux miennes, puis je me jette dans son cou et je l'embrasse, je caresse sa taille, la courbe de ses fesses, elle me repousse doucement, elle recule, puis elle passe ses mains dans le dos pour délier le nœud du peignoir. Même encore aujourd'hui, je peux me souvenir du moindre détail... De ses seins, de son ventre, de ses hanches, de ses jambes. J'étais comme un animal en rut devant son corps magnifique. Sa nudité, la chaleur de sa peau me rendent bestial, je la lèche, je l'embrasse, comme pris de folie... Tout ça, tu le comprends, c'était irréel ! Je l'avais tellement vue, sur le domaine, Ouliana... nous avions échangé tant de regards... Elle me voulait, elle se donnait entièrement. Elle enfournait sa langue dans mon oreille, dans ma bouche. Elle me caressait avec une sensualité que je n'avais jamais connue... nous avons fait l'amour dans sa chambre, et, une fois tout cela fini, j'avais la tête qui tournait... Ouliana s'est enfermée dans la salle de bains, je me suis rhabillé avant de redescendre pour le trouver, lui, somnolant sur le divan du salon. Son cigare fumait encore dans le cendrier, un air de musique classique le berçait. Il m'observait avec des yeux fatigués... Assommé qu'il était par le whisky. Je ne savais pas quoi faire, pas quoi dire... j'hésitais à me tirer, au plus vite, mais Fornblung m'a invité à boire un petit digestif et proposé une partie d'échecs. J'ai refusé. Moins d'une minute plus tard, je courais dans la nuit comme un forcené, vers le ponton où ma barque était attachée. Je n'en revenais pas... Je suis reparti avec ma barque, comme ça, sur la rivière plongée dans la nuit, et je ne comprenais pas ce qui s'était passé...

Lazare me regardait, la mâchoire crispée, avec un douloureux orgueil dans sa manière de sourire. Ce sourire à demi, cette grimace horrible qui se formait sur son visage, il secoua la tête, reprenant de sa voix grave :

— N'importe qui peut imaginer, je suppose, ce que ça implique... quand la fois suivante, c'est-à-dire le lendemain matin, vous revenez sur le domaine pour travailler. Je n'ai même pas osé leur dire bonjour et j'ai filé directement dans les anciens enclos... Rien d'anormal chez eux en revanche : la proposition d'un café, comme à l'accoutumée, le sourire d'Ouliana quand elle vous salue et vous demande si vous voulez un croissant ou un pain au chocolat. Puis elle attaque ses leçons de piano, avec son professeur venu de l'Isle-sur-le-Doubs... moi, j'équarrissais les poutres dans le jardin, tout honteux de ce qu'on avait fait la veille... Fornblung, lui, en pyjama, discute au téléphone tout en parcourant la terrasse, un journal plié sous le bras. Et vers treize heures, alors que sa femme s'absente pour des courses en ville, il me convie à déjeuner. Il a constaté mon malaise et veut clarifier la situation : « Écoute, écoute... ne te tracasse pas. Tu as trente ans et j'ai trente ans de plus que toi, il y a des choses que j'ai admises sur les relations entre les hommes et les femmes... Ce qui s'est passé entre Ouliana et toi hier soir, c'est la *nature*, c'est la conséquence de l'action et des forces d'attraction de la nature, non ? Ouliana en a besoin, elle en a envie, je le sais... et tu n'arrêtes pas de la regarder. Un jeune homme ne devrait jamais perdre de vue que l'âge ruinera un jour son corps, sa force, ce royaume du désir... Tu es amené à travailler sur ce domaine, et même un long moment, je ne serai pas toujours ici, à cause de mes obligations professionnelles, à Paris et en Allemagne… et de mes rendez-vous médicaux, aussi… » Fornblung me raconte tout ça, de façon ordinaire. Il disait comme ça : « Laisse la moralité de côté. Ouliana vit avec moi, je l'aime et je lui donne une vie décente, matériellement très confortable… ce qu'elle n'a pas eu la chance d'avoir auparavant, tu t'en doutes bien. C'est une fille de la steppe, dont la famille était pauvre, certes, mais lettrée, et très bien éduquée sous l'école soviétique… La vie y est dure, dans la steppe. Les Russes disent ainsi que la steppe renforce ce qui est fort et affaiblit ce qui est faible… Mes sentiments pour elle sont entiers, je veux aussi que tu le saches. Mais, dans ce tableau, il y a un hic, c'est que *je ne peux plus*. Je dois l'accepter, c'est ainsi, mais je ne peux plus la contenter comme avant. La mécanique est enrayée. Tu connaîtras ça peut-être un jour, avec l'âge, je ne te le souhaite pas ! Oh, j'en ai allègrement profité… Là n'est pas la question, mais j'ai eu un cancer, il y a trois ans, la prostate. Ablation, *tutti quanti*… ma queue est partie à la retraite, et j'ai dû ranger la caisse à outils. J'ai essayé différents procédés, assez humiliants et inefficaces au final. Voilà… je suis comme ces eunuques des temps anciens, qui veillaient sur les femmes des harems, sauf que je suis riche comme un nabab ! La femme que j'aime, qui m'accompagne chaque jour dans cette vie où j'ai la chance de pouvoir profiter de tout, ne peut plus me sentir en elle… Et je refuse que cela mine notre couple, car il y a un droit au plaisir. Oui ! je crois à un droit fondamental au plaisir. Viens, allons marcher au bord de la rivière… » On est partis se promener, sur le sentier qui conduit au bord du Doubs, puis on a marché encore une heure, je dirais, le long de l'ancien chemin de halage. C'était une belle journée d'été. Fornblung me met en garde, il ne veut pas que je me fourvoie sur son compte ni sur celui d'Ouliana : « Tu n'es pas un moyen de substitution. Nous ne sommes pas dans un jeu pervers, où les hommes et les femmes s'échangent… non, non ! quand je dis qu'elle en a besoin, Ouliana, je sais de quoi je parle, je ne veux pas vivre avec une femme frustrée, malheureuse, qui me reproche en secret de n'être plus le mâle que j'étais autrefois. Rends ma femme heureuse, dans sa chambre, et dès que tu sors de cette chambre, il n'y a plus rien. Ici, ce n'est que du plaisir. » J'ai donné ma parole. Celle de ne jamais faire de mal à Ouliana, celle de ne jamais l'aimer. Celle de respecter la confiance que m'accordait le couple… Tiens, sur le chemin de halage, il y a des saules, je vais te montrer… C'est là-bas qu'on discutait pendant des heures, Endrik et moi.

Lazare tira sur la corde, par coups secs et à plusieurs reprises, puis le moteur finit par s'enclencher. Il accéléra en jouant avec la poignée, on bifurqua vers l'ouest, longeant la rive sous les arches des branches, la barque prenait de la vitesse. Elle faisait sourdre une vague ourlée qui venait s'enrouler sur les troncs du rivage. Il coupa enfin le moteur puis me désigna la saulaie, où il venait jadis avec Endrik Fornblung.

— C'est là ! Tu vois ? Les grands saules… Tu les vois ? On se mettait toujours là. J'avais sculpté un banc, pas très loin… Il n'y a plus de banc, depuis. C'est ici que Fornblung avait commencé un élevage d'escargots. Il adorait ça, les escargots… Ça le fascinait ! Je crois que… je crois que l'hermaphrodisme le fascinait, oui…

Un bruit de fond courait sur la rivière : on aperçut un Zodiac moderne et rutilant, à un méandre, et qui nous arrivait sur bâbord. Le pilote allait à vive allure, moteurs poussés à fond, ce qui créait une énorme bulle d'eau et une rangée de vagues menaçantes dans son sillage… vagues que l'on prit de plein fouet sur la proue. Notre embarcation se souleva et retomba dans un bruit de craquement, on tangua en manquant de chavirer, puis les vagues vinrent s'éclater dans des gerbes d'eau fangeuses contre les berges. Je m'accrochai à la barque, et, fou furieux, j'insultai le type qui s'éloignait déjà.

— Putain ! m'écriai-je, mais c'est qui, ce cinglé ?! Il est complètement taré !

— C'est rien, rassura-t-il… C'est rien. Un jeune gars du village… il me connaît, et il connaît cette histoire… Dès qu'il me voit sur la rivière, il fait ça. Je te l'ai dit, ici, si on peut me renverser, on ne se gêne pas… je reprends… j'en étais où, moi…

La barque continuait de tanguer, battue par le roulis des vagues qui nous revenaient de la berge. Comme dans un ressac désagréable.

— Les escargots, dis-je… l'élevage d'escargots.

— Ah oui ! une lubie, chez Fornblung, les escargots ! Il élevait des gros-gris dans des parcs prévus à cet effet, sur le terrain qui borde la rivière… Il adorait ça : la forme de leur coquille, leur trace baveuse, leur lenteur, il entendait même écrire un opéra à leur sujet ! « Le Parc aux escargots », il me disait… « Il existe bien *Le Lac des cygnes*, pourquoi pas *Le Parc aux escargots* ? » Donc, c'est ici qu'on venait marcher ensemble et palabrer au crépuscule, sur les bords du Doubs. Il aimait parler de sa rencontre avec Ouliana, de leurs fiançailles à Saint-Pétersbourg, de leur voyage de noces en Australie… Au bras d'un homme pareil, tu t'imagines bien qu'Ouliana signait la fin de sa vie pauvre dans une banlieue de Moscou… Celle de toute sa famille aussi, qui résidait au Kazakhstan. Fornblung avait acheté un appartement en Russie pour la mère d'Ouliana, il avait aussi payé l'opération de son frère, atteint d'un trouble à la vésicule biliaire, dans une clinique allemande. Crois-moi, en matière de générosité et de philanthropie, il n'y en a pas deux comme lui. Raison pour laquelle tout le monde l'a très vite adopté, dans le coin… Jamais il ne vous aurait laissés l'inviter au bistrot, au restaurant… toutes les notes pour lui… il était devenu, comment dire… un genre de mécène, une attraction, avec son énergie, sa voix, son envie de s'installer durablement ici. Il appréciait ce territoire, c'est une certitude, mais est-ce qu'il comptait *vraiment* y faire son trou, y *vivre* ? Je ne sais pas, j'avais des doutes, moi… Mais revenons à Ouliana : la toute première fois qu'il m'a parlé de notre pacte, il a précisé qu'il entendait choisir l'homme avec qui *cela* se passerait, tout en s'assurant que les sentiments n'entrent pas en ligne de compte… Il n'empêche, quelque chose venait de se réveiller en moi ! Ça me tourmentait, et à chaque fois que je venais chez les Fornblung pour travailler, à chaque fois que je passais non loin de la maison en barque ou en voiture, et que je voyais cette bâtisse… je me sentais déboussolé… attiré, inexorablement… comme si je n'étais plus moi-même. Comme si mon instinct m'ordonnait de m'y rendre. J'étais possédé !

Ça me remontait dans le bas-ventre, dans les tripes, ça irradiait une grande chaleur entre mes jambes. Ouliana était admirable de gentillesse avec moi… avec les invités en général… Nous nous croisions sans cesse, dans la maison, dans le jardin, près des enclos délabrés, parfois dans le village, au hasard d'une rue. J'ai tenu bon, pendant deux semaines, je dirais, peut-être trois… Jusqu'à ce jour où Fornblung invite plusieurs amis, certains venus de Paris, d'autres du village, à déjeuner chez lui. Un beau dimanche de septembre. Il fait encore doux, nous sommes sur la terrasse, avec une odeur de fleurs et d'herbe sèche. Fornblung a cuisiné des escargots de son élevage, Ouliana est gaie ce jour-là, habillée d'une robe à volants qui découvre ses longues jambes arquées. Sa peau mate, ses cheveux noirs maintenus avec un serre-tête… Non, je ne me tiens plus, je tente de ne rien laisser transparaître, mais je ne me tiens plus… vraiment… Ça bouillonne au fond de moi ! Alors qu'Ouliana a quitté la table depuis un petit moment et que les invités en sont au dessert, je m'absente à mon tour, j'entre dans la maison, traverse le salon, je la cherche dans les chambres, j'ouvre des portes au hasard, celle de la salle de bains, rien, puis je file vers la cuisine où je la trouve, là, face à l'évier. Elle nettoie des coupelles. Je n'oublierai jamais ce visage qu'elle a tourné vers moi, ce regard vif, qui voulait tout dire sur son désir… Elle recule, elle s'éclipse dans le cellier dont l'entrée est cachée par un rideau de perles, je me précipite à sa suite et me jette sur elle, j'étais fou de sa peau, de son odeur, je l'embrasse, j'étais comme un loup, je la couvre de baisers, je lui presse la poitrine et je soulève sa robe, empoignant ses fesses, puis je prends ses seins dans mes mains et je les avale… je ne lâche plus ses seins magnifiques alors qu'elle essaie de me calmer par de petits mots inquiets, par des chuchotements angoissés, mais cela ne m'arrête pas… elle défait ma ceinture, glisse sa main dans mon pantalon, le feu dans les yeux, elle aussi en a terriblement envie… Tout à coup : un bruit dans la cuisine. Elle s'arrête, exige que je me calme, appose son doigt sur ses lèvres. Mais je ne peux pas… je ne peux plus… je relève à nouveau sa robe, je l'étreins, je la serre contre moi, ma main dans son entrejambe où je sens le duvet de son sexe chaud, puis je m'agenouille et plonge ma tête entre ses cuisses. Alors elle me repousse avec brutalité. Elle redescend sa robe sur ses jambes, lisse le tissu de ses mains et elle s'efface, tandis que je reste là, seul dans le cellier. Au milieu des étagères remplies de bocaux et de boîtes de conserve, plus excité que jamais. Mon cœur battait si vite… Je venais de réaliser une chose : ma vie venait de basculer. J'avais découvert un désir si violent… quelque chose de volcanique.

Lazare s'interrompit, ôta son chapeau, plongea sa main dans la rivière et se frotta le visage. Il scruta un instant le ciel avant de clore ses paupières, sourcils baissés, comme s'il était parti dans ses souvenirs et que ma présence s'évanouissait. Des gouttes d'eau roulaient sur son nez aquilin et sur son front où apparaissait une veine bleue, saillante.

— Je sais… Énoncé de cette façon, tu te dis que j'affabule, que ça ne peut pas être vrai, que j'invente… Mais non, je n'invente rien, et de toute façon je ne sais pas inventer… Endrik Fornblung consentait à ce que sa femme et moi fassions l'amour, c'est comme ça. Je ne dis pas qu'il y prenait du plaisir, que ça le ravissait, mais je crois qu'il voulait que sa femme soit… qu'elle soit heureuse. Ouliana aimait se donner à un homme… Ce n'était pas une femme qui cherchait à jouer un rôle, à défendre une posture, non, elle suivait son instinct, toujours, et elle savait très bien ce qu'elle voulait. Il y avait en elle une force… une force animale ! Et comme je travaillais chez les Fornblung, et que lui, Endrik, avait des affaires à régler à Paris, j'étais seul sur le domaine. Je m'y suis vite senti comme chez moi, dans cette maison… À force de nous voir, elle et moi, et de rester ensemble, il s'est noué quelque chose, une relation qui dépassait la simple envie de s'envoyer en l'air. Je m'efforçais de ne rien montrer quand je rentrais chez moi… Car Juliette, ma femme… oui…

Lazare s'arrêta à nouveau, releva la tête, éternua à plusieurs reprises. Il se moucha avant de laisser un long silence, comme s'il cherchait ses mots.

— Juliette est une femme admirable, assena-t-il. La douceur incarnée, elle ne voulait que mon bonheur et celui de notre fille, mais l'ennui gangrénait notre couple depuis des années… Ça tenait grâce à la petite, je suppose… Nous nous étions lassés, le désir n'y était plus. Et quand le désir n'y est plus, plus du tout, l'amour se tarit forcément. Mais reprenons, Fornblung, lui, s'est beaucoup investi dans la vie du village, il fallait voir ça, il s'est mis à financer des événements : la foire annuelle, un festival de musique et de chant organisé par la commune au mois d'octobre, et puis le club de football aussi ! Ah ! le club de football… Endrik a payé la réfection des vestiaires du stade municipal, ce qui n'était pas rien, et il a acheté de nouveaux maillots aux gamins et à l'équipe de vétérans. Il est devenu une figure appréciée en un temps record. Adulée, même…

Lazare s'interrompit, se servit un verre de vin dans une tasse en métal, après avoir retiré le bouchon de la bouteille à l'aide de ses dents – celles qui lui restaient d'un côté seulement de la mâchoire. Je l'accompagnai. Il but en contemplant les flots. Nous n'étions pas si mal, à présent, installés dans cette barque, avec un peu de vin, puis il ouvrit une conserve de maquereaux à l'huile d'olive, qu'on partagea avec un morceau de pain complet un peu rance. Le soleil poursuivait sa course, approchant de son zénith, et je fixai Lazare. Son humeur irascible tendait à décroître une fois son estomac rassasié.

— Faut pas te méprendre… Je n'ai rien de méchant, rien de cynique. Je ne suis pas calculateur, pas violent… Peut-être même que je suis comme toi, et que tu aurais fait comme moi. Tu comprends ou non ? Un homme te dit un soir : tu plais à ma femme, je sais qu'elle t'attire, donnez-vous du plaisir, rien d'autre ne compte, il y a un *droit au plaisir*… Qui résiste à ce genre d'invitation, hein ? Qu'est-ce qu'on a, après tout, pour *vivre* un peu plus ? J'aime les choses lentes, moi, tu vois… Je respecte les choses qui suivent un cours, mais surtout, j'aime l'idée d'une *source* à l'origine de nos vies. Car c'est en cherchant la source qu'on se rapproche de l'estuaire… Ça peut paraître étrange, mais c'est ainsi. Le désir, l'attraction pour une femme, là, je suis perdu, ça va beaucoup trop vite. Or, la pêche et le bois, ça, ce sont des choses concrètes que je maîtrise, que je sens, que je connais, parce que j'en saisis l'origine et le rythme. J'en comprends la source. Quand elles passent sous ma main, je les sens… Je sais rendre hommage à l'arbre, à l'eau, à la rivière, à la nature tout entière, quand je travaille, parce que ces éléments demandent à être touchés, à être sentis, et chez moi, c'est le sens le plus aigu, le *toucher*… Tout part de là. Et… enfin, je me perds un peu dans mes pensées, là, mais… enfin, bref, voilà… le toucher, c'est exactement ça que j'ai partagé avec Ouliana. Je voulais la toucher, tout le temps. Je voulais la prendre, je voulais qu'elle soit à moi et rien qu'à moi. Tout allait trop vite… L'automne approchait, il faisait plus frais et plus humide, les forêts se coloraient de rouge, de jaune, de violet, ça agonisait tout en couleurs, je ne savais plus où j'en étais. On marchait beaucoup, au cours de longues randonnées. Tiens, parlons-en, de ces randonnées dans les bois, il me faut quand même en parler un peu : on partait de chez eux et on s'élançait dans la forêt d'épicéas et de sapins, sur un versant à l'adret. Un sentier qui mène d'abord à une petite clairière, puis à un plateau dégagé, donnant à voir toute la vallée. Ils adoraient le paysage de là-haut… Je leur ai fait connaître tous les beaux coins autour du village. Ouliana prenait des photos, et elle se détachait de nous alors que je restais derrière, avec Endrik, car son cœur le forçait à marcher avec lenteur, et même à nous attendre, assis sur une pierre en bordure du sentier. Ensuite, plus tard, quand il s'absentait et que je restais auprès d'elle, nous allions ensemble, Ouliana et moi, à la petite chapelle. Cet endroit lui plaisait. Elle trouvait qu'il y avait là-haut une grande force spirituelle, car c'était une fille de nomades et elle croyait dans les esprits. Il y a aussi une petite clairière, au milieu des pins et des bouleaux, et à quelques mètres en amont se trouve une ruine où j'allais souvent quand j'étais gamin. C'est la ruine d'un ancien château, on dit par ici, un château effondré il y a plusieurs siècles, et dont il ne reste que la tour. Les racines bossuent les fondations. C'est étonnant que cette tour ne se soit pas déjà écroulée… Là-haut, dans cette ruine, il flotte des odeurs d'écorce mouillée, de mousse, de roches. On y a fait l'amour, avec Ouliana. Hors de toute emprise du monde. Puis l'automne s'est abattu sur la région, l'air n'était plus le même, les jours de pluie s'enchaînaient, j'ai réalisé que j'avais presque terminé les travaux sur la tonnelle et les enclos. Ah ! Ce que j'ai pu être heureux dans cette maison… chaque fois que je repasse devant, avec ma barque, j'y repense…

Il se mit à rire, désabusé, d'un timbre reflétant une amertume tenace. J'avais froid aux pieds et j'essayai de les maintenir à l'écart de l'eau qui croupissait au fond de la barque. Lazare sortit son couteau, le soleil jaillit sur la lame. Puis il sortit d'une sacoche un saucisson déjà entamé, coupa une tranche qu'il me tendit, et il mâcha avec peine. L'air absent. Sa canne à pêche n'avait pas tressailli depuis de longues minutes. Je n'avais tiré qu'un carassin de petite taille que j'avais aussitôt remis à l'eau, et le sandre s'agitait entre mes bottes, ce qui semblait très étrange : j'avais eu beau l'assommer à deux reprises, d'un coup sec, contre le rebord, il ne voulait pas mourir. Et maintenant, ça m'était pénible de le regarder s'asphyxier, agoniser en des sursauts nerveux. Lazare, lui, ça l'avait fait sourire, un peu tristement : « Il y en a des comme ça, qui ne veulent pas rejoindre les morts… » Il marqua une pause au cours de son récit, humant l'air qui portait une odeur profonde et fraîche, des odeurs de sauge, de menthe. Nous étions éloignés du village, dérivant sur le Doubs, avec le bruit du déversoir jouxtant l'écluse et son écho, régulier, semblable à celui d'une grande chute d'eau. La végétation, luxuriante, présentait d'incroyables dégradés de verts dans les bois et sur les prés fleuris. Je levai la tête : le ciel se dégageait à l'ouest, dessinant un brocart aux différents tons de bleu, tandis qu'à l'opposé des nuages moutonnaient au-dessus des cimes. Un cygne approcha de la barque, progressant sur l'eau comme un genre de vaisseau lourd, sûr de lui, avec son cou en forme de S. Il contourna l'embarcation, bascula son corps pour plonger la tête sous la surface, et la ressortit avant de s'ébrouer. Son œil était noir, on eût dit une petite pierre d'obsidienne, puis il s'éloigna, de cette même façon chaloupée, lente et orgueilleuse, sur la rivière qui scintillait. Après quelques instants, il ne ressemblait plus qu'à un mouchoir sur l'eau. Lazare me versa du vin. Je lui fis remarquer que je le trouvais bon, plutôt gouleyant, avec un goût très fruité. « Ouais… Surtout un vin de pauvre qui voudrait boire mieux », ironisa-t-il, en guise de réponse. Puis il me désigna la surface de l'eau.

— Tiens, là, sous la surface, tu vois les ablettes ? Tu les vois ?

Je détournai la tête : de minuscules poissons iridescents frétillaient près de la barque.

— Ça, les ablettes, c'est délicieux en friture… Avec un peu de ciboulette et du beurre. Je leur en ai parfois cuisiné, à Ouliana et Fornblung.

Je le coupai pour lui demander s'il était tombé amoureux d'elle.

— Oh, oh ! tu vas vite en besogne, toi… Non… tu te trompes, mon gars. D'abord, mon amitié avec Fornblung n'a cessé de croître, cet automne-là. Il m'a emmené faire un tour en avion, avec son appareil de tourisme, une surprise ! On devait se rendre à la pêche, mais il était passé me prendre avec sa voiture et on s'était rendus à l'aérodrome de Montbéliard, où on a décollé à bord de son monomoteur. L'avion, ce n'est pas trop mon affaire, je dois dire… je suis bien les pieds sur terre, moi, et j'ai un peu peur de ce genre d'engin, mais ça, c'était un grand moment ! On fendait un ciel sans nuages, on survolait le massif du Jura, et pour la toute première fois, je voyais les montagnes de haut, *mes* montagnes ! avec leurs crêtes déchiquetées, leurs forêts à perte de vue, leurs vallées… Un des plus beaux jours de ma vie, parce que j'avais quand même un peu peur, là-haut, dans son coucou ! Et lui, Endrik, avait fière allure aux commandes, avec ses lunettes d'aviateur, ses cheveux ébouriffés, sa veste en cuir ! Puis il m'a laissé piloter. Tu imagines ça ? J'étais aux commandes de son avion ! C'était fabuleux là-haut, tous les trois, Endrik, Ouliana et moi… Quand j'y repense… Et Ouliana, eh bien, après être entrée comme ça dans ma vie… plus rien d'autre n'existait. Je ne pensais plus à ma femme, je faisais semblant en sa présence, je jouais la comédie du couple dès que j'avais quitté la maison des Fornblung. J'étais pathétique, oui, pathétique mais pas malheureux. C'est souvent comme ça avec l'égoïsme. Pour que tu comprennes bien la suite des événements, je voudrais te parler de cet homme… Je lui étais redevable, et je réalisais que c'était un personnage d'une générosité inouïe, qui entendait tout partager. Il haïssait le superflu, le narcissisme, et c'était un perfectionniste dans tout ce qu'il entreprenait. Quand il parlait de lui, c'était souvent avec une forme d'humour, de recul ou de dérision. Dans le village, la mairesse se pâmait d'admiration devant sa personne, « Monsieur le pilote d'avion » qu'elle l'appelait, cette cruche. Elle est même allée jusqu'à lui suggérer d'intégrer sa liste, pour les élections suivantes... Fornblung se proposait de financer la rénovation et l'extension de la salle des fêtes, le bon mécène, sans compter un petit coup de pouce pour les achats de la récente médiathèque... Et puis, comme il était fan de sport, il est devenu président du club de football, six mois seulement après son arrivée au village. Son ascension semblait n'avoir aucune limite ! Alors que tout le monde déserte nos villages dans ce pays, l'arrivée d'un homme pareil, ça tenait du miracle... Ouliana, elle, s'impliquait dans une association locale. Même les vieilles bigotes du coin ne trouvaient rien à lui reprocher. Il n'empêche, l'automne a été difficile pour moi. Mon obsession pour cette femme me dévorait... Je cherchais sa présence, sa peau, son odeur, son visage, je voulais ses yeux, j'avais besoin d'entendre sa voix... Son absence était une torture. Elle m'avait accueilli en elle et je ne pensais plus qu'à ça, à baiser, à la sentir... Pour te dire, à cette époque, il suffit que je la croise quelque part, dans un commerce, une boutique, dans la rue, sur le chemin de halage, pour que tout s'enflamme en moi. Il suffit que je passe près d'elle, ou que je sente l'odeur de ses cheveux, cette odeur que je n'ai jamais oubliée... Et petit à petit, la vigilance a diminué. On prenait confiance, on commettait des erreurs, elle me rejoignait parfois sur ma barque, ou bien on allait courir ensemble, sur le chemin de halage, on montait à la vieille chapelle, ou encore plus haut, vers la ruine du château. Elle aimait ces lieux : la chapelle et la ruine. Quand Fornblung s'absentait pour ses conseils d'administration, à Paris ou en Allemagne, j'emmenais aussi Ouliana sur la rivière, avec ma barque, on accostait dans une anse en aval, que je connais bien, abritée par des arbres. L'anse des Renards, ça s'appelle, un coin sauvage avec une plage de cailloux fins où on peut pique-niquer et se baigner… Je la revois encore aujourd'hui se déshabiller, sourire en dégrafant son chemisier sans me quitter des yeux, et s'amuser de mon excitation à la vue de ses seins. Elle avait de très beaux seins, dont on sentait qu'elle était fière, des seins volumineux, pleins, avec des tétons foncés, presque noirs. On se baignait dans le Doubs, l'eau fraîche nous revigorait. Elle, au Kazakhstan, s'était déjà baignée à partir d'un trou percé dans la glace. Et on était là, cachés par la roselière autour de l'anse, on restait enlacés, des heures entières, à s'embrasser, se chercher, se baigner, ou bien on jouait à faire des ricochets sur l'eau, et c'est là, dans cette anse, qu'Ouliana m'a parlé d'elle, de son enfance dans la steppe : elle était née dans les montagnes kazakhes, à la frontière avec le Kirghizstan, mais elle avait ensuite grandi dans un petit village appelé Dubovka, proche de la ville de Karaganda, en plein cœur de la steppe. Son père, garde-frontière puis fantassin dans l'Armée rouge, avait été tué pendant la première guerre d'Afghanistan… Elle n'était âgée que de trois ans. Une fois de retour chez elle, elle m'a montré des photos de ses parents, de ses frères et sœurs, de ses innombrables cousins qui détenaient des troupeaux de chevaux, de vaches et de moutons au Kazakhstan, dans un endroit appelé Karkara… Il y avait des portraits de bergers, aussi, et d'Ouliana, adolescente, dans des fêtes traditionnelles. Sur certaines, on la voyait monter à cheval, ou bien marcher dans la steppe, et toutes ces images me permettaient de remonter un peu le cours de sa vie. Soudain, elle s'est levée, m'a dit de l'attendre et elle est revenue, toute joyeuse, habillée d'un costume traditionnel : c'était une robe longue et rouge, d'un rouge vif qui mettait en valeur ses cheveux noirs, une vraie robe kazakhe avec des broderies d'une finesse incroyable et des rubans noués entre eux sur un gilet de feutre jaune, sa gorge enveloppée dans un foulard de soie bleu ciel, très doux au toucher ! Elle était magnifique… oui… et tandis que je la regardais, je me demandais ce que nous allions bien pouvoir devenir, tous les deux… On s'est mis à danser, l'un dans les bras de l'autre, sur une musique russe et calme, et avant que je ne la quitte, ce jour-là, Ouliana m'a dit sur un ton grave qu'elle aimait son mari, qu'elle lui serait toujours fidèle en amour. Mais crois-moi… ce n'était pas dur de comprendre au ton de sa voix, et à la façon qu'elle a eue de m'embrasser ensuite, qu'elle était en train de tomber amoureuse… Nos corps s'attiraient trop, mutuellement, comme des aimants, on était devenus prisonniers de cette situation, de notre désir l'un pour l'autre. Prisonniers, oui… je ne vois pas d'autres mots.

Lazare déposa la canne à pêche au fond de la barque. Une clarté sulfureuse coiffait les collines, embrasant le ciel d'été, il n'y avait désormais plus aucune brise. Une chaleur lourde, visqueuse, nous accablait. La rivière brasillait de mille feux autour de nous, comme des milliards d'oiseaux aux ailes pailletées d'or, et on retrouvait brutalement ces jours d'été où la fièvre s'empare de la nature. Sur la berge, après un bois de conifères, je vis des éboulis qui avaient roulé jusque sur un plateau rocailleux, obstruant une route à flanc de montagne. Un cri aigu me sortit de ma torpeur – je levai la tête –, il provenait d'un oiseau, haut dans le ciel, qui décrivait de vastes cercles. Lazare se tourna vers moi, se coupa une nouvelle tranche de saucisson et m'en tendit une. Il replia la lame du couteau dans la fente du manche et soudain, dans un geste surprenant, il me tendit le couteau.

— Tiens. C'est pour toi. Je te l'offre.

Je haussai les sourcils, surpris de ce cadeau, par cet Opinel inopiné.

— Pourquoi vous me le donnez ?

— Prends-le. Ça fait longtemps que je n'ai pas fait de cadeau à quelqu'un… Ça me fait plaisir.

Je le saisis et sortis la lame, fuselée, mouchetée de taches de rouille, qui brillait un peu, puis je la refermai dans son encoche. J'étais pris au dépourvu et ne savais comment réagir. Je le remerciai au moment où il reprit son récit, après s'être étiré le dos et les bras. L'inconfort sur la barque commençait à se faire sentir.

— Fornblung est rentré d'Allemagne, et quelques jours plus tard Ouliana recevait sa famille du Kazakhstan. Bien sûr, je me suis tenu à l'écart… Mais va donc enlever son opium à un morphinomane… Retire-lui sa seringue, et il ne songera qu'à chercher le moyen d'assouvir son addiction. Par tous les moyens…

je ne vivais plus que pour ça, moi. Je n'arrivais pas à me sevrer de cette drogue, de... de cette force d'attraction... son corps, sa peau, son sexe, ses jambes, sa voix, tout en elle m'attirait, me rendait fou. Je l'avais dans le sang, Ouliana ! On me l'avait injectée dans les veines ! Et là, je ne te parle pas d'amour, de romantisme... Je parle de quelque chose qui te dévore, quand il faut évoquer un désir pareil. Je voulais la posséder, tout le temps. Je me couchais le soir en pensant à elle, je l'imaginais près de moi, je me levais avec l'image de son regard, le souvenir de sa peau, de ses cheveux, de ses pommettes saillantes, je travaillais sur les chantiers en pensant à ses yeux, j'allais faire les courses, j'emmenais ma gamine à l'école, je pêchais sur le Doubs, je buvais un verre en n'ayant qu'une pensée, une seule : Ouliana Zakirova-Fornblung. La femme avec laquelle je faisais l'amour, redécouvrais l'amour, le feu du corps. C'est comme ça ! comme ça, oui, car tout chez elle, tout m'attirait ! Elle avait apporté dans ma vie cet ailleurs... cet... un pays tout entier, un monde... elle avait refaçonné l'univers sous mes yeux, et nous avions trouvé la caresse pour langage. Fornblung a pu dégager du temps libre quand la famille d'Ouliana est venue. En ce temps-là, au début de l'hiver, je cherchais un atelier où m'installer pour effectuer mes travaux de menuiserie. Un local était à vendre, à l'extérieur du village, sur la route départementale, ce lieu me plaisait : proche de la scierie, avec suffisamment de place pour entreposer les matériaux. Il y avait longtemps que le propriétaire souhaitait s'en débarrasser. Il fallait retoucher au bardage, virer les vieilles poulies, mais après cette remise à neuf, ce serait l'atelier idéal ! Hélas, je n'avais pas les fonds nécessaires pour l'acquérir et Endrik s'est proposé de me prêter de l'argent. Il est même aller négocier le prix de vente avec le proprio… Ah ! je le revois, mon Fornblung, discuter autour d'une bouteille de vin avec le vieux Jackie, qui n'y comprenait rien, lui, et qui n'en démordait pas… au début, car à la fin, il a cédé sur tout : Endrik l'avait retourné comme une crêpe ! « Tu me rembourseras un de ces jours », m'a dit Fornblung, en me serrant la main dans sa grosse berline allemande, une fois la négociation terminée. Un mois plus tard, on signait chez le notaire, Louis-Félix Dendru, et je détenais un lieu où exercer ma passion ! Tout ça… je le devais à cet ami… On a organisé une belle fête là-dedans pour la pendaison de crémaillère ! Quelle cuite ! Même si Juliette n'a pas voulu venir… Puis les commandes sont arrivées, lentement, c'est vrai, mais il fallait le temps que ça prenne. Dans cet atelier, j'ai commencé à concevoir des objets, des meubles, des jouets et même des tabourets en bois que je revendais à une compagnie suisse. Pour remercier le couple, je leur ai fabriqué une très belle table basse en mélèze. Ma vie venait de prendre une nouvelle dimension… Et quand tout va bien, on ne se méfie jamais assez du vent qui s'apprête à tourner, bien plus vite que ce qu'on pense… On ne se méfie jamais assez, surtout, du pouvoir de nuisance de certaines personnes… Car ce qui était à craindre est survenu : on nous avait vus, Ouliana et moi, *ensemble*. Tout est parti de l'éclusier, Mougin, croisé alors qu'Ouliana m'avait emmené faire du cheval au centre équestre. Il en avait parlé… cette sale fouine de Mougin. Il y avait aussi un pêcheur qui nous avait surpris, alors que nous étions sur ma barque. Les rumeurs, les ragots, tout ça, surtout quand ça baigne dans l'ennui et la bêtise, ça n'a vraiment rien d'inoffensif, crois-moi. Ça va vite, très vite… Ma femme a des doutes depuis un moment… ça enfle… je dois me justifier, esquiver les questions. Même auprès de mon père, un jour, qui me prend entre quatre yeux dans l'arrière-boutique de la quincaillerie : « C'est quoi, ces conneries ?! Ne me dis pas que tu fricotes avec la femme Fornblung ? » Je subissais partout les regards en coin, les messes basses, les suspicions… Ça montait sur mon compte, et sur celui d'Ouliana aussi, tout le village cancanait. Elle, on la regardait différemment, ce qui n'a pas manqué de revenir aux oreilles de son mari. Mais… à ces ragots, et à ces potins est venu s'ajouter un autre ennemi. Bien plus redoutable. Un matin, alors que je m'apprête à passer l'écluse en aval, pour aller pêcher, j'aperçois Ouliana qui arrive en courant et monte sur la passerelle de l'écluse pour me héler avec de grands signes. La bassinée me remonte progressivement à sa hauteur… Son visage est rouge de l'effort et de l'excitation. Je n'entends rien de ce qu'elle me raconte à cause des remous de l'eau et de l'écho dans le sas… J'attache la barque et lui dis de se calmer. « Je suis enceinte ! » elle me lance, tout affolée, le visage en sanglots. « Je suis enceinte… enceinte de toi. » Enceinte… Voilà autre chose, *enceinte*. Et de moi. L'imbécile que j'étais, et qui avait laissé le soin à la nature de s'occuper de tout ça. Comme toujours, c'est la nature qui donne le rythme et l'ordre des choses… Ouliana a vu l'embarras sur mon visage… Je veux bien concéder que c'est toujours une souffrance, pour une femme, d'assister au doute d'un homme dans ces moments-là. Elle me demande ce qu'on va faire. « On va faire ce qu'on peut, j'ai répondu, tout penaud… On va en parler à Endrik, pour commencer. Il faut en parler tous les trois. — Il sera furieux ! Il sera très fâché », et elle répète ça, puis, voyant que je tergiverse, que je ne sais pas comment réagir, elle a tourné les talons. En me jetant un dernier regard, attristé et déçu, elle a repris son vélo et s'est éloignée.

Lazare s'interrompit, soupira d'un long souffle puis ôta son chapeau pour le poser à côté de sa cuisse. Il s'empara d'un poisson à ses pieds, dont les écailles étaient bleues, et, de l'autre main, sortit un autre couteau, long et fin, de sa sacoche. Il posa la pointe de la lame sous la bouche du poisson, la fit glisser entre les branchies et le long de la nageoire ventrale, avant de la planter d'un coup sec dans la peau écaillée. Le sang gicla, Lazare fit une incision sur quelques centimètres, évida le ventre avec ses doigts, arracha les entrailles qu'il jeta par-dessus bord. Il nettoya ensuite les parois du ventre, avec délicatesse, avant d'y verser de l'eau qui ruissela sur les écailles en se teintant d'une couleur rosâtre. « Tu vois, là, quand on touche, ici, me dit Lazare en ouvrant le poisson, quand on caresse dans la fente, à l'intérieur, dans la chair, ça ressemble à la vulve d'une femme. C'est doux comme dans une chatte. » Et il partit à rire, d'un éclat de rire cristallin. Son regard se dirigea sur l'hameçon où il accrocha un long ver, tout contorsionné ; il riait avec une amertume et une dérision troublantes, et cela me fit penser que son récit n'était peut-être qu'une affabulation, un tissu de mensonges… Il lava sa main dans l'eau, l'essuya contre sa cuisse, se racla la gorge et relança la ligne.

L'hameçon brilla un instant dans le ciel avant de crever la surface de l'eau. Dans son regard luisait une expression de rage, d'impatience. Il ne reprit pas la parole tout de suite. Le courant nous portait et nous entraînait lentement vers le déversoir. « Je crois bien que ça va mordre... », prophétisa Lazare. En effet, à la place du bouchon, on voyait de petits cercles se dessiner, qui s'élargissaient, la ligne se tendit soudain, la canne s'arqua, et le pêcheur ferra avec vigueur – il sentait que le poisson virait en souplesse, sur sa droite, puis avec de grands à-coups pour tenter de s'en tirer. J'observai de petites gouttes de sueur qui perlaient au-dessus de ses lèvres et sur son nez, Lazare laissait filer la ligne, avec calme, tout en s'efforçant de la guider, tandis que de vives secousses agitaient la canne. Le poisson, dans une courageuse résistance, jaillit plusieurs fois hors de l'eau, frappant la surface de sa queue, mais il commençait à fatiguer, la ligne cherchant à le ramener sans relâche vers la barque. Il n'était maintenant plus qu'à un mètre de nous, j'avais préparé l'épuisette – Lazare me fit signe qu'il n'en avait pas besoin. Il sortit de la rivière un poisson de quarante centimètres, au bas mot, qu'il projeta dans le fond de l'embarcation. Le poisson tressautait avec violence, il se contorsionnait, cherchait l'énergie pour un ultime sursaut qui aurait pu l'aider à franchir le rebord de la barque. Ses flancs étaient argentés avec des nageoires légèrement rougeâtres, Lazare le saisit à pleine main, d'un geste serein. Il inspecta les branchies, sanguinolentes, puis il décrocha l'ardillon alors que le poisson s'asphyxiait : sa bouche s'ouvrait et se fermait sous son œil fixe, pareil à une perle de nacre. Lazare le déposa dans le seau, avec précaution, et alors il scruta l'hameçon entre ses deux doigts, de longues secondes, en l'exposant à la lumière du jour. Il déporta ensuite son regard vers la forêt, où criaient les oiseaux sauvages à la façon d'un public survolté.

— C'est un beau chevesne qu'on a tiré là, se réjouit-il. Un très beau chevesne… Quand j'étais gamin, je les prenais à la mouche, il y avait pas meilleur que moi pour ça !

— Et donc, Ouliana est tombée enceinte… c'est ça ?

— Enceinte. Une descendante directe de Gengis Khan, à l'écouter ! En tout cas, Ouliana en avait le caractère et l'orgueil, et le faciès, avec ses pommettes, ses yeux un peu bridés, sa peau mate, d'une couleur proche de l'écorce des érables… Et quelle femme ! Ce qui me fascinait le plus, chez elle, c'était cette faculté à imposer le silence, à parler avec son seul regard… On aurait dit qu'elle vous avait connu dans une vie antérieure. D'ailleurs, elle y croyait beaucoup, aux esprits, elle croyait dans le dieu des nomades, le dieu du ciel, Tengri… Tu vois, ça me réjouit diablement de t'en reparler, d'Ouliana ! On a eu raison de venir ici, à la pêche… histoire de parler du désir qui rend fou et qui vous tue. Ce n'est pas une plaisanterie le désir, tu sais… les hommes en parlent comme des petits garçons, par moqueries, par le biais de futilités, ils cherchent à ignorer qu'il y a une facture à payer dans la jouissance. Alors, oui, pour revenir à notre histoire : en plein mois de mars, Ouliana est tombée enceinte, lors d'un hiver où on a eu de la neige jusqu'aux genoux, où tout était blanc, les montagnes, les forêts, les toits, les champs…

Tout blanc ! Un hiver exceptionnel, encore plus beau que dans un conte pour enfants, avec des bourrasques qui soulevaient la neige en tornades ! On faisait la fête tous les trois jours avec Fornblung et Ouliana, une sacrée soûlographie, tu peux me croire… On allumait un feu qui crépitait dans la cheminée pendant des heures, et on écoutait des chansons soviétiques ou des chœurs de l'Armée rouge, on braillait *Kalinka* et on jouait aux échecs. Ouliana jouait très bien aux échecs, son oncle lui avait appris, elle était vraiment difficile à battre. On discutait des heures entières en buvant du vin, du champagne, de la liqueur de sapin, de la vodka kazakhe… il m'arrivait de ne repartir qu'à l'aube ! Fornblung m'accompagnait sur le chemin enneigé, pour longer la rivière qui serpentait, toute bleue entre les rives gelées, et on titubait comme des grognards. Les arbres étaient couverts de givre, ils ressemblaient à des sculptures de cristal… un hiver splendide, oui… Et Ouliana venait souvent me rendre visite à l'atelier. Habillée de son long manteau blanc, avec des gants, blancs eux aussi, et une robe en laine épaisse au-dessus de ses bottes en cuir. Elle enroulait ses cheveux noirs sous sa chapka. Elle voulait que je lui montre mes créations… Et quand j'utilisais la scie à ruban ou la déligneuse, elle aimait s'asseoir sur l'un des établis, en hauteur, le buste droit, à me regarder ou me prendre en photo. Ses jambes pendaient, battaient dans le vide, elle les croisait et les décroisait pour m'exciter. On riait… elle et moi, seuls dans l'atelier, et quand je lui demandais si elle n'avait pas froid, elle me répondait qu'elle aimait sentir le froid, et que, dans la steppe, les températures pouvaient descendre jusqu'à – 40 °C, avec un vent à décorner les bœufs ! Assise sur l'établi, elle ouvrait les jambes, le regard insolent, fiévreux, avec ses beaux yeux asiatiques... On faisait l'amour au milieu des copeaux de bois, dans cette odeur de résineux. Et d'ailleurs, encore maintenant, l'odeur de la sciure de bois et la chute des flocons de neige me la rappellent... instantanément..., car c'est bel et bien comme ça que c'est arrivé, et si, au début, je m'en suis voulu, après une semaine, ça m'a... comment on pourrait dire... Ça m'a bouleversé ! J'ai compris que je l'aimais, pour de bon, que son corps devenait encore plus sacré à mes yeux depuis qu'il portait mon enfant, depuis que la nature nous avait consacrés. J'avais envie de la protéger, de la couvrir de cadeaux et de caresses, mais... de l'autre côté, oui, c'est évident, je n'avais aucune raison de nier le problème. Je ne suis pas le genre d'homme qui ne prend pas ses responsabilités : j'étais déjà père de famille, je devais me raisonner. Je suis donc allé voir Endrik Fornblung. À cette époque, il organisait des concerts et des récitals dans l'église du village, où il se produisait en grande pompe avec ses musiciens suisses, le vendredi soir... Ah oui ! Faut que je te raconte ça, quand même, ces fameuses soirées où Fornblung se présentait à nous : beau comme un pape, habillé d'un costume cérémonieux en queue-de-pie, et il nous saluait d'une grande courbette, et sur fond de piano ou de violoncelles, il se lançait dans des interprétations d'opéra incroyables... Il subjuguait tout le monde ici ! Enfin, tu les vois bien, les habitants de cette bourgade, un vrai public de philistins, les yeux grands écarquillés, qui restaient médusés par sa prestation. Quel chanteur, Fornblung, oui... quel chanteur… Mais cet hiver-là, je dois aussi souligner qu'il n'était pas dans une forme étincelante, gêné par des problèmes articulaires… Il souffrait de son genou, affecté par l'arthrite ou des crises de goutte, je ne me souviens plus. Un soir, je lui ai envoyé ma femme afin qu'elle lui fasse une injection. Tout ça pour dire quoi, déjà ? Ah oui ! l'enfant… je suis allé voir Endrik pour lui parler… J'avais remarqué qu'il s'était lié d'amitié avec Mougin, l'éclusier. Et il avait aussi engagé un jardinier, Guillaume, un gars de Pompierre-sur-Doubs, que je ne sentais pas… Jalousie ordinaire d'un mâle ordinaire, disons. Mais j'y reviendrai plus tard à Mougin et au jardinier. Quand je suis arrivé chez le couple, Ouliana séchait ses larmes, elle ne m'a pas dit bonsoir et a préféré rejoindre sa chambre. Aussitôt, j'avoue tout à Endrik, je le prie de m'excuser… Mais il se montre clément, étonnamment compréhensif.

« J'en ai discuté avec Ouliana, me dit-il. Elle entend garder cet enfant. Elle est en âge d'en avoir. Je te concède, pour ma part, que je suis trop vieux pour jouer au père de famille, et ma santé décline. J'ai déjà eu deux enfants, qui sont grands maintenant, que j'ai un peu perdus de vue… Mais je ne peux pas refuser à Ouliana de donner la vie, ce serait cruel et très égoïste de ma part. J'ai pris une décision qui ne sera pas la plus facile : je vais m'occuper de cet enfant. »

À cet instant-là, je n'ai pas su comment réagir, mais je me sentais soulagé qu'il accepte de s'en charger, oui. J'avais toute sa confiance. Son paternalisme me rassurait. Mais la discussion s'est un peu tendue après quelques verres. On était dans la véranda, et à travers la grande baie vitrée je pouvais voir la tonnelle que j'avais relevée de mes mains. « Tu sais que des bruits commencent à courir, me dit Fornblung, au sujet d'Ouliana et toi... On me rapporte des choses. Vous manquez de discrétion. Tu te souviens de ce qu'on avait dit ? Je ne te cache pas que je suis déçu, vraiment déçu de la tournure des événements... J'en ai un peu gros sur le cœur. — Endrik, je lui dis, on est dans un petit village, et je travaille chez toi, les gens s'imaginent des choses. Laisse filer, va. — Non, non ! Ça me déplaît. Je n'aime pas qu'on rigole dans mon dos... Je passe l'autre jour en voiture, la fenêtre baissée, rue Ambroise-Croizat, pour discuter avec le patron de la maison de la presse. J'entends un jeune homme qui crie : "Oh ! le cocu ! viens payer ton canon ! Allez, le cocu, viens nous voir !" Tu penses que ça me plaît ? Je me sens humilié... Nous avions un pacte, et la discrétion était de mise, elle en était la clé de voûte ! » Et voici qu'il me ressort son histoire de pacte... Fornblung me raconte d'autres anecdotes, aussi, sur les bruits qui courent, sur des gens qui rôdent autour de la maison. « Vous n'avez pas été prudents, avec Ouliana. Vous pensiez quoi ? Que vous pouviez vous montrer devant les gens sans qu'ils en déduisent rien ? On avait dit que tout, absolument *tout*, devait se passer dans cette maison, et pas ailleurs ! Et toi ? Tu l'emmènes sur le Doubs, dans ta barque, tu vas courir avec elle... vous partez en montagne... Même ta femme, Juliette, elle n'ignore rien ! Tu le sais, ça ? Elle m'en a parlé, quand elle est venue ici pour ma piqûre. Tu réalises ou non, ce qu'elle m'a demandé, avec des larmes dans les yeux ? J'ai nié... bien sûr, j'ai nié... au nom de notre amitié... Tu es mon premier ami dans ce village. Mais c'est grotesque. J'ai pris ma décision : tu restes pour un temps à l'écart de cette maison. On attend que ça se tasse, d'accord ? J'ai besoin de temps, Ouliana aussi. Tout cela est en partie de ma faute, je sais… je sais, oui… mais il est plus sain qu'on fasse taire les rumeurs… » Je ne pouvais qu'être d'accord. J'ai acquiescé, me suis platement excusé, et, ce soir-là, je suis reparti chez moi avec un sentiment troublé… mélange de soulagement et de mort dans l'âme. À trois, notre affaire pouvait encore marcher… mais à *quatre* ? Tout cela s'annonçait beaucoup plus délicat… Fornblung m'avait grondé comme on réprimande un enfant, et je dois dire qu'il avait raison. Nous avions été insouciants et terriblement naïfs… La neige tombait dans un froid polaire, je ne pouvais plus aller pêcher, on avait laissé les chantiers de côté. Et je suis allé me reclure dans l'atelier avec quelques bouteilles de vin, en essayant de finir des meubles pour honorer les commandes de clients… L'état de ma mère s'était dégradé, elle était d'une maigreur atroce, et Ouliana, elle… ne m'a donné aucune nouvelle pendant quinze jours… alors même qu'elle portait le fruit de notre passion. Un matin, à l'aube, elle m'appelle. « Je veux te voir, j'ai besoin de te voir », elle me dit, avec une voix suave et son accent russe. Son irrésistible accent russe… Et puis le printemps venait de surgir, on a eu un printemps précoce qui s'annonçait radieux. Je lui donne rendez-vous au seul endroit où on sera sûrs de ne pas être remarqués : la chapelle. Personne n'y met jamais les pieds, là-haut. C'est le bon côté de la perte de la foi dans nos sociétés, on a la paix dans les lieux de culte… Sur le sentier, j'avançais comme un évadé de prison ! Je n'ai jamais monté cette pente aussi vite, et je l'ai retrouvée dans la chapelle, assise sur le premier banc, en face de l'autel, sa tête couverte par un châle. Je me souviens très bien de cet instant… Elle était de dos, assise, sa silhouette éclairée par quelques bougies et la lumière filtrant des vitraux. Je… ce jour-là… mes sentiments pour elle se sont vraiment révélés. Tu sais, il y a de très beaux tableaux dans cette chapelle, suspendus autour du tabernacle : l'un d'eux représente un berger avec ses chèvres, au milieu des broussailles, sous les yeux interrogateurs d'une religieuse en guimpe, et une autre toile symbolise la vouivre… Un serpent ailé, légendaire dans le Jura, le corps couvert de feu, la tête ornée d'une escarboucle. On raconte que la vouivre loge dans les tréfonds de la source du Doubs… On a quitté la chapelle, Ouliana et moi, pour monter vers la ruine. Il y avait des senteurs printanières, une profonde odeur de livèche dans les bois. Mais cette fois-ci, je l'ai emmenée à la cascade du Petit-Pont écroulé, que très peu de gens connaissent, un lieu enclavé d'où surgit une chute d'eau. On était tous les deux envoûtés, possédés par le désir… Tu vois, j'ai pleuré entre ses seins nus, ce jour-là j'ai pleuré comme un gamin, parce que… oui, parce que j'avais peur pour elle, et que je ne voulais pas la perdre. Je réalisais que si les amours *interdites* finissent toujours mal, il n'en va guère mieux des amours *permises*, des amours *provoquées*… Mes larmes collaient à ses seins, ses beaux seins chauds qui se gonflaient sous le signal de la vie à venir. J'allais être père, pour la deuxième fois, avec une deuxième femme. Son ventre commençait tout juste à se bomber, et je posai ma main dessus, alors qu'elle chuchotait dans mon oreille des mots en russe et en kazakh, pour me réconforter... « *Ya tibia lioubliou* », qu'elle me chuchotait comme ça... Et, comme de nombreuses personnes, je suppose, écouter un cœur qui bat à travers la peau est un phénomène qui m'a toujours beaucoup ému. Le sien battait vite, avec une régularité parfaite, j'aurais pu l'écouter des heures entières, ce cœur-là, qui pulsait dans sa cage thoracique, mon oreille collée au plus près de son mamelon. On s'est embrassés toute l'après-midi, avec le goût salé des sanglots et nos rêves brisés d'avance, et l'autre, Fornblung, avec son pacte... plus rien à foutre. J'avais trouvé l'exil dans les bras d'Ouliana. Je vivais, vraiment. Elle avait réveillé en moi la part la plus sauvage de mon instinct. Nous ne parlions jamais de l'avenir, parce qu'il était trop compliqué à envisager : elle refusait que je quitte ma femme et elle n'entendait pas divorcer de son mari. « Tu dois écouter Endrik, me disait-elle, entre nous, ce n'est que du plaisir. Ça ne peut pas être autre chose. Je suis désolée... » Elle avait raison. Mais voilà qu'une semaine plus tard, j'apprends par un client de mon père, dans la quincaillerie, que Fornblung vient de mettre sa maison en vente : il compte partir avec sa femme. Tout se fissure en moi... Aussitôt, je l'appelle. « C'est exact, mon vieux ! Je pars m'installer en Nouvelle-Calédonie, à Nouméa, d'ici quelques semaines. Une opportunité, un vieux rêve de gosse ! On y sera bien, avec Ouliana et l'enfant. L'océan, la Polynésie, les îles Gambier, c'est un peu le Nouveau Monde de notre époque, pas vrai ? Et là-bas, je devrais avoir moins de crises d'arthrite, en plus ! »

Qu'est-ce que j'en avais à faire, moi, de ses crises d'arthrite, et de son Nouveau Monde… et de notre époque… « Bon, d'accord, Endrik, je lui dis, mais… Ouliana… elle est enceinte, tu es sûr qu'elle peut voyager comme ça ? Sur un trajet aussi long ? Ce n'est pas risqué ? — Les médecins sont catégoriques : avant le huitième mois, pas de problème à ce qu'elle prenne l'avion. Alors, profitons-en ! Les voyages forment la jeunesse. — Ça doit être ça… Mais elle, elle est d'accord ? — Tu plaisantes ? Bien sûr qu'elle est d'accord ! Elle est ravie, et je dois dire que c'est aussi un peu son idée, d'aller vivre sur une île, à l'autre bout du monde. Si tu entends parler d'un acheteur potentiel pour la maison, préviens-moi ! Je suis déjà en train de vendre mon avion. » Et là, quelques jours plus tard, au bistrot, il m'évoque la Nouvelle-Calédonie en long, en large et en travers, en me montrant la maison sur laquelle il vient de mettre une option d'achat… il me parle du corail, des raies géantes, des dauphins roses… moi, j'étais fait comme un rat. La Nouvelle-Calédonie, et pourquoi pas partir sur Mars, pendant qu'on y était ? Les nuits sans sommeil se sont succédé, ma femme ne me parlait plus, je dormais dans le salon, obnubilé par le corps d'Ouliana. À me donner seul du plaisir parce que je ne pouvais la voir. J'avais renoncé à livrer les commandes de menuiserie, je n'arrivais plus à travailler… Alors je suis allé voir Fornblung et je lui ai dit qu'Ouliana portait *notre* enfant, navré, mais j'avais quand même mon mot à dire. Je voudrais donc que ce soit elle qui décide, si elle veut rester ou non, et qu'elle me le dise en face. C'est bien légitime, après tout. *Nous sommes trois sur le même bateau*, n'avait-il pas dit ? Et désormais, nous étions *quatre*. Assis sur le tabouret du piano, accoudé contre le couvercle, il m'a regardé en secouant la tête : « Bon… D'accord. Mais dis-moi, tu feras quoi ensuite ? Admettons, après tout, je suis ouvert à toute proposition, admettons qu'Ouliana ne veuille pas partir d'ici, et que moi, je le souhaite. J'apprécie que tu te sentes concerné par tes bêtises et que tu veuilles assumer les conséquences de tes actes. J'y suis sensible, vraiment. — Arrête avec ça, Endrik. — Et donc, si Ouliana changeait d'avis, et voulait rester ici, au lieu de partir en Nouvelle-Calédonie, prenons cette hypothèse : tu entretiendras deux femmes et deux enfants, avec ton salaire ? Et quel salaire : celui du menuisier endetté ou celui du pêcheur amateur ? Tu en as parlé avec Juliette ? Allons… je sais que la jeunesse fourmille de rêves, mais un peu de sérieux. Ouliana est ma femme. Et crois-moi, ce peut être une femme dispendieuse, tu seras ruiné dès le premier séjour à Londres ! » Et il ajoute que je devrais m'estimer heureux et le remercier de ne pas demander le divorce, sous prétexte qu'elle porte un enfant qui n'est pas de lui. « Je pourrais, par exemple, comme le font certains animaux sauvages, tuer la progéniture d'un autre mâle passé avant lui ! Mais je ne suis pas comme ça. Tu le sais bien que je suis généreux. Je t'ai prêté beaucoup d'argent pour acheter ton atelier et les matériaux afin que tu débutes à ton compte. Commence par me rembourser, veux-tu ? Les bons comptes font les bons amis. » Cette façon qu'il avait de pontifier mollement, ça me déplaisait. Et pas qu'un peu, mais j'ai conservé mon calme. Fornblung s'est levé et m'a dit de l'attendre. Dans le salon, Ouliana est venue me rejoindre, souriante… distante aussi… une tasse de thé entre ses mains. Elle s'est assise sur le divan, je guignais sa poitrine et son entrejambe, je sentais qu'elle avait envie de faire l'amour, puis au travers de la fenêtre j'ai regardé la giboulée de grêlons qui s'abattait sur les enclos que j'avais réparés. Les poutres avaient belle allure. C'est aussi grâce à moi que Fornblung pouvait espérer une plus-value sur la vente de cette maison… cette maison dans laquelle je me suis soudain senti comme un égaré, un intrus… un voleur de femme, ou de poules, un minable endetté… Je réalisais que plus rien ne m'intéressait à part elle, et je trouvais ça terrible, d'être esclave de son propre désir et de ses sentiments. J'aimais une femme qui n'était pas la mienne et qui ne le deviendrait jamais… Et voilà Endrik qui remonte de sa cave avec une bouteille de champagne dans les mains. « Allez, tiens ! C'est pour vous ! il s'écrie. Tu n'as pas oublié, quand même ? — De quoi tu parles ? — C'est l'anniversaire de ta femme, Juliette. Heureusement qu'Ouliana était là pour me le rappeler… Un petit cadeau des Fornblung ! J'espère que ça lui fera plaisir. Elle aime le Ruinart ? C'est du blanc de blanc. Le meilleur, à mon sens ! » Fornblung ne parlait *jamais* de Juliette, elle était pour lui un genre de fantôme… Et c'était ubuesque qu'il m'offre un magnum de champagne après cette conversation… Ça m'a alerté, à double titre : déjà parce que ce n'était pas son genre, d'offrir de cette façon désinvolte, et ensuite parce qu'il entendait que je quitte rapidement sa maison, lui qui retenait toujours ses invités… Et puis, il a eu cette phrase, sur le perron, qui disait que les femmes font des enfants et s'enorgueillissent de les porter pour une seule bonne raison : se consoler de la pauvreté des hommes. « Elles seront toujours déçues de nous, de notre imperfection, de notre incapacité à aimer comme elles le font, elles, de cette manière si possessive et si absolue. » Voilà ce qu'il disait… J'ai quitté la maison et je suis rentré chez moi, pour fêter l'anniversaire de ma femme, qui se montra indifférente au champagne. Juliette a évoqué notre séparation, le soir de son anniversaire, dans notre chambre : elle avait vu que j'avais perdu tout intérêt pour elle, pour notre couple, pour notre vie commune. Elle voyait que je n'étais plus *là*, que je vivais entre deux maisons, à mi-chemin du désespoir et d'un désir insatiable… Elle était fatiguée, au fond, de mes virées nocturnes, de mon absence, de… de ma lâcheté. Dans le village, les habitants savaient maintenant que Fornblung les abandonnait : fini, le financement des maillots de foot et du nouveau stade municipal, fini, l'achat des livres et des périodiques pour la nouvelle médiathèque ! Fini, les grandes tablées estivales, les barbecues dans la maison du docteur Moreau… La fête était finie et pour eux, c'était de ma faute : forcément. S'il partait, le brave copain Fornblung, s'il refermait le chéquier, c'était parce que j'avais couché avec sa femme, que je l'avais humilié. J'étais un salaud, Ouliana une femme indigne, et ils avaient trouvé leur bouc émissaire. Droits dans leurs bottes, ces toquards. Lessner, par exemple, le patron du restaurant à quelques encablures de l'écluse, était allé voir Fornblung pour lui proposer de rester parmi nous. Tu m'étonnes ! Fornblung déjeunait chez lui trois fois par semaine… faut voir combien il y laissait… Et Lessner m'a invectivé dans la rue, à cette époque, me traitant de type sans morale, et pour un peu, ce parpaillot, il m'aurait craché à la figure… Toujours dans l'exagération, Lessner, le genre de type qui vous ferait passer une égratignure pour un cancer. Mais je t'en reparlerai, de Lessner… Déjà qu'il ne voulait plus m'acheter le poisson que je pêchais, à cause de cette histoire… Mais moi, je me taisais. J'encaissais. Non, jamais je n'ai confié à quiconque que le premier à avoir ouvert la boîte de Pandore, c'était pourtant lui, Fornblung, un soir de mai… Et je me figurais bien que n'importe lequel d'entre eux, tous ces pantouflards, aurait agi de la même façon ce soir-là, ce fameux soir où Fornblung m'avait proposé de monter *voir* sa femme. J'étais lâche, d'accord, mais ils n'étaient pas mieux que moi. Et le seul endroit où je trouvais la paix, désormais, c'était dans mon atelier. Le seul qui ne m'a pas jugé, les deux seules personnes qui ne m'ont pas jugé, c'est ma mère, qui m'aimait trop pour me reprocher mes écarts, et monsieur le curé. Parce que je suis allé me confesser, ça, oui… J'ai déversé ce que j'avais sur le cœur. À cette époque, je n'avais aucun lien avec l'église, et j'étais passé dans celle de notre village, après la messe. Comme ça, par besoin de trouver un lieu de paix, un lieu de silence… Le père François m'a raconté l'histoire de Jonas, prisonnier dans le ventre de la baleine, et d'autres histoires aussi, des histoires d'hommes et de femmes plongés dans le tourment, la peur, la honte, et ces histoires m'ont un peu consolé. Un homme honnête, ce curé. Il est mort quand j'étais en prison, mais je dois dire que c'est lui, le premier, qui m'a un peu réconcilié avec la foi… Il me parlait de Juliette, de cette femme que je délaissais depuis des mois. Cette femme devant laquelle je prenais soin de ne rien montrer, mais qui savait tout. Cette femme qui m'aimait depuis le lycée, qui m'avait toujours aimé malgré la perte de la passion… Une femme d'honneur, Juliette. Le curé me parlait d'elle, me demandant de lui parler, avec sincérité… Mais plus rien n'avait de sens, tout partait à vau-l'eau, tout volait en éclats… Fornblung et Ouliana avaient réduit mon quotidien à des miettes, je n'avais su résister à aucune tentation… Sauf qu'eux, à la différence de moi, eh bien ! ils avaient une issue de secours : ils pouvaient remplacer l'amour par de l'argent, et l'argent par de l'amour, quand ils le voulaient, indépendamment des aléas de l'existence. Ils s'évadaient tantôt pour quelques jours à Venise, tantôt à Londres, tantôt à Marrakech… Fornblung et sa femme voyageaient déjà, ils voyageraient encore. Jamais enracinés. Jamais coincés dans l'histoire et la douleur d'un lieu donné… Maintenant, ils allaient traverser deux océans, s'acheter une maison magnifique sur une grande plage déserte, à l'autre bout du monde, ils vivraient presque nus, marcheraient les pieds sur le sable chaud, ils entendraient le chant des vagues en allant se coucher et en mangeant divinement bien… en buvant du vin de Géorgie ou de je ne sais où… Ils élèveraient mon enfant avec le plus grand des amours. Et moi j'étais fichu. Gros-Jean comme devant ! Je n'avais personne à qui en vouloir, à part moi-même et ça n'était pas assez. J'avais simplement espéré autre chose, à travers ce corps que j'aimais, ce corps venu d'ailleurs, et que j'aimais bien plus que ma propre vie… mais, benêt comme j'étais, je n'avais pas pensé que même en me retirant, Ouliana pouvait tomber enceinte… À cette époque, avec la fatigue, l'épuisement, le travail sur les chantiers, j'ai perdu toute lucidité. Au fond, si Ouliana part, je me disais, tout rentrera dans l'ordre : je ne la verrai plus, elle élèvera *son* enfant avec Fornblung qui aura les moyens matériels d'entretenir tout ce beau monde, et dans quelle aisance ! Et moi je retournerai à ma vie d'avant, pas si déplaisante, monotone certes, et je mourrai, après des années de routine, en repensant à ces heures de plaisir volées au monde. Ils mentiront à l'enfant en lui disant que son père s'appelle Endrik… ou bien ils lui diront la vérité : que c'est un gars du Jura, un pêcheur, menuisier médiocre, quelle importance ? J'aurai le cœur plein de regrets et la mélancolie collée aux reins, et l'imagination ne pourra suffire, à l'évidence. La mémoire de ces jours passés avec elle me brisera comme du bois sec… Alors, non ! impossible de m'y résoudre. J'ai rappelé Ouliana un matin et lui ai donné rendez-vous à la chapelle. « Je ne suis pas sûre, elle me dit… Je ne pense pas que ce soit une bonne idée. Nous devrions arrêter, tu sais, c'est mieux comme ça. » Son accent et la seule sensualité de sa voix, ça me donnait envie de la prendre, brutalement, de la pénétrer sans ménagement, d'entrer en elle, d'empoigner ses hanches et ses fesses, de la lécher, encore et encore, et, fou furieux, je lui intime l'ordre de monter à la chapelle, derechef ! Je la menace et lui dis que je l'attendrai là-haut… qu'elle a intérêt à venir sinon ça va barder. Je hurle qu'on ira dans les ruines, qu'on fera une promenade, qu'il est urgent de se voir et je raccroche d'un coup sec ! Une heure plus tard, j'y monte, à grandes enjambées. Rien. Personne. J'ai attendu, puis je me suis endormi là-haut, sur un banc dans la chapelle. Ouliana n'est jamais venue.

La rivière nous berçait, le courant semblait tortueux à cet endroit et la barque tournait sur elle-même, comme une girouette cherche sa direction dans un vent faible. Le reflet éblouissant de l'eau nous aveuglait, et, haut dans le ciel, l'oiseau avait réapparu, c'était peut-être un milan, ou une buse, mais je connaissais mal les oiseaux de la région. Lazare reprit d'une voix plus amère, comme navré :

— C'est marrant que je raconte tout ça, maintenant… ici, d'inconnu à inconnu. Dans une vie insignifiante comme la mienne, quand on approche l'heure du grand décompte, on serait tenté d'imaginer un tableau de mesure pour sa propre vie. Un tableau où les valeurs, les principes, les actes ne se rejoignent pas toujours, c'est vrai… Trop rarement, même. On pensait devenir untel, on finit dans la peau d'un autre, on pensait qu'on serait bon ici, on termine là-bas, souvent à l'extrême opposé, on croyait en ceci, puis advient cela, et on désespère de tout, quelques années plus tard… Et alors on cherche à savoir où on se situe. Ni trop près de la honte, ni trop loin d'un peu de fierté, mais on cherchait quoi, au juste, là-dedans ? Dis-moi un peu, on doit venir chercher quoi dans ce monde ? De la cohérence ? Un genre de morale, une voie à suivre ? Voilà… et puis on réalise que ça ne marche pas comme ça et que la vie, alors, est déjà passée et qu'il ne servait à rien de la mettre en équation. Ce qu'il en reste, de notre vie, c'est un écho, tout juste un écho entendu de personne… à l'instant même où il n'y a plus qu'à se jeter dans l'abîme. Faire le bilan… l'inventaire des lieux, un pied au bord du précipice, tout en sachant que c'est inutile… On était venu chercher quoi, dans cette vie ? Alors… bien sûr, il y a le bonheur, ou l'idée de bonheur, là-dedans. Et j'en ai vu beaucoup, des hommes et des femmes, oh oui, beaucoup trop, obnubilés par l'échelle du bonheur, qui se cramponnent à des barreaux exigeants, les plus hauts étant le mieux, parce qu'ils veulent le montrer, leur bonheur, au plus grand nombre, pouvoir en jouir, et c'est bien normal, tout ça est très humain… Mais moi je n'y crois pas. Non… Faudra pas compter sur moi pour ces balivernes, ce genre de farce. Je ne vois que des corps qui se tiennent comme ils peuvent, comme des sentinelles, à l'écart des ennuis possibles, des embûches, des grands drames qui finissent toujours par survenir, un jour ou l'autre. Rien ne m'empêche de penser qu'ils ont tout de même oublié une chose, une évidence, là-dedans, c'est que deux générations après votre mort, il ne reste rien, plus rien de vous, le monde vous a oublié. Les cendres au pied du bûcher auront refroidi, heureusement. Et tout recommencera, avec d'autres… et d'autres encore… un nouveau jour, pour d'autres pantins qui s'amuseront d'autres jouets. Après les petits-enfants, qui se souviendront tout juste de votre prénom et des blagues que vous faisiez à Noël ou à Pâques, puis, avec le temps, de votre sourire sur une photo… Le reste, c'est l'affaire d'une tombe. Plus ou moins entretenue par ceux qui s'y rendent quand ils n'ont rien d'autre à faire. Peut-être que la mort, peut-être même que la fin de toute civilisation nous soulagera de cette lamentable erreur… Mais je n'en suis même pas sûr.

— C'est réellement comme ça que vous voyez les choses, Lazare ? ai-je demandé, intrigué.

Il leva des yeux remplis de désarroi à mon égard, où se lisait une colère qu'il tentait de contenir.

— Et comment pourrais-je les voir autrement ? Être lucide et heureux, qui y parvient, mon gars ? J'ai été un jouisseur, autrefois, un jouisseur égoïste, j'ai répondu à l'appel des sirènes, et pour quel résultat… j'ai connu la prison. J'y ai vu là-bas des âmes brisées, complètement brisées, de la moisissure d'homme derrière les barreaux, mais ces âmes avaient gagné en lucidité. En tempérament, en caractère… Elles connaissaient la souffrance, elles avaient signé un pacte avec elle, et un pacte qui les engageait jusqu'à la mort. Rien ne pourra m'empêcher de penser différemment : la souffrance est le seul enseignement qu'on tire de nos vies. C'est la grande école. Le reste… le bonheur avec lequel on nous serine, sans cesse, qu'on nous impose, qu'on nous ordonne de trouver, par tous les moyens, ça ne fait au fond que des malheureux, des masques, des mièvres… Un bataillon de pitres en campagne qui portent en eux leur bonheur comme une tumeur. Et pourquoi ne pas leur dire la vérité ? Que toute vie est une perte de temps. Rien qu'un fait divers, et un fait divers qui a mal tourné. Et la seule chose qui m'émerveille encore, dans ce monde, c'est cette petite musique, ce bruissement humilié de la nature, tu vois, à commencer par cette rivière, par ces montagnes, par le ciel, les bruits sauvages, la nuit, les étoiles, les animaux… tout ce foisonnement ! Sous nos yeux, là, ce foisonnement de toute cette nature qu'on n'arrive même plus à aimer… Mais qui sommes-nous, à la fin ? Qui sommes-nous ?

Car moi, je sais encore rendre hommage à la nature, je sais encore l'*aimer* de tout mon cœur… Elle est la dernière noblesse de ce monde. La seule et véritable noblesse de ce monde, tu comprends ?

— Je comprends. Je comprends très bien, Lazare. Mais on s'égare un peu, non…

— On s'égare… j'en conviens, on s'égare. On dérive, disons plutôt… Bon. Et puis de toute façon, comme disait Apollinaire, les femmes préfèrent les vieux rois, plus forts en amour que les vieux chiens… Donc, Ouliana n'est pas venue ce jour-là, à la chapelle, malgré mes appels répétés au téléphone et mon envie de la voir. À mon réveil, là-haut, il y avait un cierge allumé, et il avait été allumé pendant que je dormais… Par qui ? Quand ? Aucune idée. Je sais seulement qu'en y entrant, une heure avant, il n'y avait aucun cierge dans le chandelier en bronze. J'en ai la certitude ! C'était très bizarre… Quelqu'un était venu. Peu importe, j'étais prêt à m'y résoudre, à la fin de notre histoire… Puisque Ouliana le voulait, et qu'ils allaient partir en Nouvelle-Calédonie voir les dauphins, nager avec les tortues… Le problème, c'est qu'après une semaine, elle m'a rappelé : « Je t'aime, et taratata, je t'aime, je suis désolée, c'est de ma faute… je suis toute à toi. Je t'appartiens, je veux que tu m'excuses, que tu m'embrasses, que tu me prennes… » Voilà ce qu'elle répétait en boucle, la belle Ouliana. Et j'ai raccroché, sans un mot. Le lendemain, elle a déposé une enveloppe sous la porte de l'atelier : un mot affectueux, sur une carte qui la représentait, adolescente, au pied d'une statue de Pouchkine à Kiev. Elle y avait joint un sous-vêtement rouge que j'aimais beaucoup. Mais moi, j'avais pris ma décision : c'était fini. Et fini pour de bon, sinon j'allais sombrer dans la folie. Un mois ou deux ont passé... Je me sevrais, en quelque sorte... Je la croisais de moins en moins, elle dont le ventre commençait à être bien arrondi. Une fois, sur le marché, je l'ai aperçue... Elle s'est approchée de moi, j'ai fui. Fornblung n'arrivait pas à vendre la maison, ni à résoudre ses problèmes financiers à Paris. Il avait de sérieux soucis avec une entreprise qu'il possédait, raison pour laquelle il avait dû reporter son départ pour le Pacifique. Notre relation était devenue froide, distante, mais sans animosité, avec même un substrat de cordialité quand on se croisait... Il ne m'en voulait pas. Et tout aurait pu se finir de cette façon. Comme un lent et beau naufrage. Mais non, voilà qu'un soir, seul chez moi, picolant devant la télévision... je m'arrête sur un reportage au sujet des mères porteuses. On y décrit comment les couples sélectionnent la femme qui portera leur enfant. Il y a des témoignages, des anecdotes, le récit du processus... Et là, tout s'illumine ! Vraiment, un éclair au beau milieu de la nuit : je réalise que j'ai été manipulé ! Je suis en réalité le *père porteur* de Fornblung, le *père donneur*, le *père donateur*, je suis le géniteur choisi. Le sexe élu. C'est évident ! Clair comme de l'eau de roche. Il le cherchait, en réalité, à ce que ça se produise, lui : il me donnait sa femme, je lui offrais un enfant. Le couple nomadisait en Europe, ici et là, depuis plusieurs années, et depuis qu'Endrik avait eu son cancer de la prostate, il espérait fonder une famille avec sa belle Kazakhe. Seule manière de consolider son couple, de s'offrir une descendance qui l'accompagnerait dans ses vieux jours. N'est-ce pas, après tout, le but du mariage ? Ne pas finir tout seul et faire en sorte qu'il y ait un peu de monde aux funérailles… La belle stratégie que voilà : dans un premier temps on m'embauche, on me donne du travail, on me montre Ouliana pour que le désir monte. Dans un deuxième temps, je succombe à la tentation, poussé par Fornblung. Et Ouliana, comme par hasard, qui refuse bien souvent que je me protège, qui veut me sentir tout entier en elle… Donc, l'accident, mais qui n'a rien d'un accident : simplement le résultat de mon insouciance, de mon idiotie. Troisième temps : le départ, le nouvel horizon, avec la femme enceinte, à l'autre bout de la terre, pour s'assurer que je n'irai pas m'immiscer dans leur histoire. Et moi, l'imbécile cloué au fin fond de sa Franche-Comté, j'avais inséminé Ouliana sans rien anticiper… Ah ! la chienne ! Je la haïssais à présent ! Comme toujours, j'avais obéi, j'ai fait ce qu'on me demandait ! Devant ce documentaire sur les mères porteuses, j'ai pensé que c'était un excellent calcul de Fornblung, une vraie manœuvre de joueur d'échecs. Ses deux filles ne lui adressent plus la parole, il est fâché avec elles, et avec son ex-femme aussi, qu'il avait abandonnée pour une autre : il cherche une progéniture à qui refiler le patrimoine ! Et la colère monte, elle monte ! On me prend pour la bonne poire ? On me soumet un pacte foireux, que je signe les yeux fermés, agrémenté de parties de pêche, et de travaux dans la maison, on joue avec moi, puis ensuite, on me reprend tout, comme ça, on me remercie sous couvert de m'avoir payé un atelier… Enfin, échec et mat : on me désigne comme le coupable, le sale type qui a foutu le bordel et qui ne sait pas se tenir ! Sacré Fornblung, va !

Mais le *père donneur* que j'étais n'avait plus rien de docile. J'ai filé en voiture jusqu'à la maison du docteur Moreau, j'étais enragé, et là, j'ai tambouriné à la porte. Il m'ouvre en pyjama, l'air ahuri. « Salut, Endrik ! J'ai une affaire à te proposer ! Les affaires, tu aimes ça, non ? » J'entre sans ménagement, en le poussant d'un coup d'épaule, et je file m'installer dans la véranda. « Tu vas me payer, mon vieux ! Et rubis sur l'ongle. Ce qu'il y a de bien avec toi, c'est qu'il y a toujours moyen de s'arranger… Ma semence a un prix, figure-toi ! Tu veux garder l'enfant ? Ça fera une belle descendance, tu as raison… Heureusement que tout s'achète et se vend à notre époque, que tu es millionnaire et que je ne suis rien. » Et je continue, pris d'une envie de l'accabler, et même de lui cogner dessus. Oh, je me revois très bien ce soir-là… j'étais à bout depuis des semaines… Ouliana ne pointe pas le bout de son nez, mais je parle fort pour qu'elle entende bien. Et je répète à Fornblung qu'il m'a pris pour un père porteur, et qu'on a une excellente génétique dans ma famille ! Il a misé sur le bon cheval ! On vit vieux et en forme, chez moi… J'ajoute que l'enfant d'Ouliana, c'est la chair de ma chair, le sang de mon sang, mais que je suis prêt à faire une croix dessus… Perdu pour perdu, un vrai sacrifice, tu penses bien. Alors je dis que je veux cinq cent mille euros, versement en une fois. À payer tout de suite. « Comme justification à ton banquier, je lui dis, à Fornblung, et à tes régiments de comptables, c'est tout vu : je te vends mon bateau et l'atelier. À prix d'ami ! Ensuite, je te fous la paix, à toi et ta femme. Vous pourrez partir en Nouvelle-Calédonie, au Canada, en Patagonie, où ça vous chante… » Et là, de façon désinvolte, Endrik Fornblung se met à bâiller, bien assis dans le canapé. Ma diatribe ne l'a pas démonté une seule seconde. « Tu veux boire quelque chose ? — Te fous pas de ma gueule ! T'as entendu ce que je viens de te dire ? — Ah oui, j'ai entendu. » Et puis rien. Mais alors, un sang-froid... Ça m'a décontenancé... il m'a demandé à nouveau si je voulais boire une infusion, ou un petit verre de whisky. Pour un peu, il s'apprêtait à mettre du Chopin ou du Mozart, et à me raconter ses pilotages en Afrique. Il lâche alors, tout simplement : « Je suis désolé. Je suis désolé parce que c'est un peu de ma faute, je le sais... Ces derniers temps, j'étais préoccupé. Au-delà de mes quelques soucis financiers, la naissance d'un enfant, tu sais, ce n'est pas à prendre à la légère... Nous deux le savons. Et donc, pour revenir à ta proposition, je préfère te prévenir que j'aurais préféré une somme à te verser mensuellement, comme un genre de pension alimentaire, si tu veux. Pour des raisons comptables, c'est plus simple. Et je vois que tu t'y connais, en plus, en comptabilité... attention... Mon gestionnaire de fortune aurait pu établir un contrat, etc. L'argent, ce n'est pas ce qui manque. L'amitié, la reconnaissance, la gratitude, en revanche, ça se perd vite... Mais je connais tes difficultés. Elles excusent tout. Même le chantage, même les menaces, même les insultes à deux heures du matin, dans ma maison, celle où je t'ai si souvent invité et accueilli. Je ne comprends pas très bien ce concept de *père donateur*, car si j'avais eu besoin d'aide pour inséminer Ouliana et la mettre enceinte, il existe à ma connaissance des agences, des laboratoires, ou des banques de sperme dédiés à cet effet... Mais bon, je reviens à ta proposition, qui n'a malheureusement plus lieu d'être. — Comment ça, plus lieu d'être ? — Si tu répondais aux messages qu'Ouliana te laisse sur ton téléphone depuis deux semaines, tu le saurais. Elle a perdu son enfant, il y a quinze jours. Le *tien*, pardon... Le bébé est mort *in utero*, son cœur s'est arrêté de battre dans le ventre de sa mère. Je t'ai aussi envoyé un mail, pour te dire que j'aurais souhaité te revoir et que nous ayons une explication. Je suppose que tu ne l'as pas lu. » Fornblung s'arrête... Je n'en reviens pas. C'était donc ça, tous ces messages que je n'écoutais plus, sur mon téléphone, de la part d'Ouliana... de peur que sa voix réveille en moi l'idée de la revoir. « Non... oh non... l'enfant... elle a perdu l'enfant, son bébé ? — Tu veux monter lui demander ? Si c'est avec le même ton que celui sur lequel tu me parles, elle ne t'accueillera pas comme les autres fois... C'est un sacré caractère, Ouliana. C'est une Kazakhe, une fille de la steppe, elle a le sens de l'honneur et de la dignité, comme les gens de son peuple. Tu sais, elle a été très affectée quand on lui a retiré le fœtus... l'enfant était mort-né... C'est un mot douloureux, je trouve, *mort-né*. Tu entends comme il sonne ? "Mort-né" ? Maintenant, regarde-moi bien en face, je te prie. » Son visage, à cet instant, je ne l'oublierai jamais... Ses yeux, sa haine, calme et froide, sa haine toute germanique, mesurée en apparence, mais ça bouillonnait au fond de lui. Il m'a sommé de ne plus jamais revenir ici. « Ne remets plus jamais un pied dans cette maison, sur ce domaine. Je ne sais pas si tu es un père porteur, donneur, ou autre chose, je m'en contrefiche, mais si tu n'as pas envie d'être convoqué dans un tribunal pour tentative d'extorsion, tu oublies cette demeure. À tout jamais.» Je suis parti, la porte a claqué dans mon dos. Je suis remonté en voiture et j'ai roulé pour m'éloigner du village. Je ne voulais plus voir ses lumières, sa vie exsangue, ses murs, ses fantômes. Alors j'ai marché dans la nuit froide et dans la forêt, jusqu'à rejoindre un ruisseau au bord duquel je me suis assis. Il pleuvait. Le bruit de la pluie sur les feuilles et sur l'eau, ça m'a presque calmé. Mais pourquoi est-ce que j'avais fait ça ? Qu'est-ce qui m'avait pris, à la fin ? Tout ça à cause du manque de sommeil, de… de ce documentaire à la télévision, de ma nervosité, de ma frustration. C'était une réaction d'orgueil, et une réaction lamentable. Ouliana avait perdu notre enfant. Je ne signifiais plus rien pour elle, plus rien pour lui, plus rien pour personne… L'histoire allait se refermer, j'avais vu les premiers cartons de déménagement empilés dans le hall d'entrée, dans le salon et à côté du piano. J'en ai presque ri, de dérision ou de honte. Cette gestation du bébé avait été comme l'éclosion d'un bourgeon. Cet élément qui cherche à s'ouvrir pour assurer la croissance, en sachant que d'autres s'ouvriront à sa suite, dans son prolongement. Dans un couple qui s'aime, et Ouliana et Fornblung s'aimaient, c'est une évidence, s'il y a l'implication d'une tierce personne, alors le bourgeon gèle. Il meurt, il ne donne rien, ni feuille, ni fleur, ni fruit… Ouliana avait perdu *notre* enfant. Ce n'était pas ce bébé qui était mort-né, Fornblung avait tort : c'était la passion que je portais à Ouliana, et réciproquement. C'était tout un amour mort-né. Les jours qui ont suivi, j'ai pris l'habitude de courir dans les bois, chaque matin je crapahutais jusqu'à la cascade du

Petit-Pont écroulé et je plongeais ma tête dans le bassin naturel qui s'est formé au pied de la chute d'eau. L'eau m'apaisait, et de la sentir, glaciale, sur mon visage, passer dans ma gorge, et même brûler ma gorge tellement elle était froide, cela me calmait. J'ai décidé que tout était fini. Maintenant qu'elle avait perdu ce que j'avais semé en elle, maintenant que Fornblung m'avait sommé de ne plus les revoir, je me répétais : « Eh bien voilà, mon vieux, tu vas pouvoir retrouver ta famille, essayer de sauver ton couple, essayer de réapprendre à aimer Juliette, tu as une petite fille à élever, un vieux père qui a besoin de toi et une mère atteinte d'un cancer. Tu as une passion pour la menuiserie, et la pêche, et un peu d'espoir en poche, ce n'est pas si mal. Que pèse face à cela, la perte d'un bébé avec une femme que tu auras si peu connue… Au diable ! Tout ça, c'était que du désir, et un désir puéril, égoïste… » Et cet égoïsme m'a bel et bien envoyé au diable, oui ! Une autre fois, alors que j'étais sur ma barque au crépuscule, je l'ai vue, Ouliana. Elle se tenait sur l'estacade, à cinq cents mètres en aval de l'écluse, un genre de ponton qui avance dans la rivière avec des pilotis délabrés. Elle était seule, assise à l'extrémité, ses jambes pendaient dans le vide. Elle m'a regardé passer et elle m'a fait un geste de la main, un gentil salut, pensant que j'allais m'arrêter… Mais je l'ai ignorée. Je suis passé sans même un regard à son adresse.

Lazare s'arrêta à nouveau pour boire du vin. Il éternua, barra un coup à gauche pour que la barque opère un demi-tour complet, et accéléra en inclinant la poignée. La lumière du ciel, poudreuse, provenait d'un soleil pris dans la maille des nuages qui accrochait le sommet des falaises, et sous laquelle la rivière ressemblait peu à peu à une plaque d'étain. Le lit de la rivière était large à cet endroit, et ses rives protégées d'un mur de roseaux, mais des roseaux fatigués baignant dans une eau limoneuse. À ma droite, sous des feuillus qui arquaient leurs branches, un bateau métallique à fond plat était maintenu près de la rive grâce à une amarre reliée à un tronc d'arbre, sa proue échouée dans la végétation. Le ciel, les cimes, les falaises coiffées de nuages vaporeux, la chaleur harassante et humide, l'enfant mort-né de Lazare et d'Ouliana, tout cela me donnait envie de quitter la barque et de retourner sur l'*Argo*... Lazare décéléra et me laissa piloter pour le passage d'une écluse, il fumait un petit cigare qui sentait bon. La maison de l'éclusier était fermée pour de bon, avec un panneau indiquant *À vendre*.

— C'est l'écluse de Mougin ?

— Tout juste, répondit Lazare. Ce cochon de Mougin. Il est parti quand le système de l'écluse a été automatisé... Non, pire qu'un cochon, Mougin ! Un cochon est bien plus propre que ça. Tiens, tu vois là-bas, le restaurant, c'était celui de Lessner.

Lazare me désigna de la main l'établissement tombé en désuétude, lui aussi à vendre. Nous avancions dans l'écluse, les portes se fermaient derrière nous, avec lenteur, au son d'un grincement métallique, puis les vannes s'ouvrirent, diminuant le niveau de l'eau. La barre vibrait faiblement dans la paume de ma main ; la fumée portait une odeur d'essence. Les portes s'écartèrent, dévoilant le cours de la rivière encaissée au fond de la vallée, avec ses méandres qui se paraient d'un dégradé de verts sombres. Au-delà de l'écluse, l'eau était graisseuse, souillée par des déchets flottants, on voguait à faible allure entre des bouteilles plastique, des canettes, des bidons, des monceaux de caoutchouc entremêlés dans les algues. Des taches d'essence dérivaient à la surface en arborant des reflets irisés, et, sur la rive, les branches des aulnes se balançaient avec une relative amplitude, leurs silhouettes miroitant sur l'eau, pareilles à de grands pinceaux noirs. Lazare arrêta le moteur.

— Maintenant, regarde par ici… Tu vois le coude que forme la rivière ? La chapelle et la ruine du petit château se trouvent là-haut, tout droit là-haut, après l'éperon rocheux, mais on ne peut pas les voir d'ici. La ruine, elle, est perchée sur un promontoire qui domine toute la vallée.

J'observai la fuite de sommets aux formes échancrées, les crêtes surplombant les parois éclairées par des contreforts de roche calcaire, qui, dans ce paysage verdoyant, dégageaient une cruelle nudité. Un réseau de ravines sculptait le versant face à nous, tandis que d'imposantes falaises de grès tombaient en à-pic sur la rivière. De grandes taches sombres roulaient à la surface des flots, provenant des nuages qui voilaient le soleil et qui dansaient autour de lui en dessinant une couronne d'épines. La lumière oscillait sans cesse, cela fatiguait les yeux. La chaleur m'épuisait. La sueur dégoulinait sur mon front, collait à ma nuque et entre mes omoplates. J'étais mal assis, ou plutôt j'étais mal à l'aise, assis dans sa barque et son récit, et puis, comme un genre de crécelles, d'invisibles oiseaux planqués dans la forêt s'écriaient sporadiquement sur notre passage. Lazare avait changé d'attitude : il avait replongé dans une forme de déprime amère, le timbre de sa voix était plus rauque, plus décidé. Presque menaçant. Il me prenait à témoin, je le sentais, il y avait une tension sourde, comme s'il m'en voulait de l'avoir incité à me raconter son histoire. J'avais réveillé les vieux démons.

— Il faut aller au bout, maintenant, et d'ailleurs, on n'y est pas encore... je vais te raconter tout ça, oui... avec plein de détails, t'es un curieux, toi, ça se sent. Alors je vais moins m'égarer, le temps presse...

L'atmosphère était chargée d'une odeur d'épices, le soleil pulsait dans la membrane du ciel, avec violence. Dans ce ciel translucide où les nuages harcelaient les cimes, à l'ouest, puis montaient en colonnes doriques pour s'effriter comme des fragments de chaux, de craie. Des nuées de moucherons insupportables dansaient autour de nos visages, et il y avait aussi de grosses mouches noires, lentes, malhabiles, qui bourdonnaient et qu'on tentait de chasser d'un revers de main. Lazare enfonça le bouchon de liège dans le goulot de la bouteille vide avant de la déposer sur les flots... La bouteille tangua, se balança en s'écartant de l'embarcation, sous l'œil affligé du pêcheur. Son geste me surprit.

— Vous allez la récupérer ?

— Je ne sais pas... C'est mon histoire ou la bouteille que tu veux ?

Je ne répondis pas, Lazare poursuivit.

— *Une bouteille vide est toujours le cénotaphe d'une espérance*, disait mon vieux... Il avait bien raison... Tu sais quoi, j'aimais beaucoup mes parents, moi... Beaucoup. J'ai eu cette chance... Les théories farfelues sur le besoin de tuer le père ou d'enfiler sa mère, tout ça… jamais compris… Ça doit être un truc de citadins, de freudistes, de freudiens… Et je vais te dire, quand tu m'as dit, toi, que tu naviguais avec ton père, j'ai trouvé ça très beau, très touchant… je crois bien que c'est pour ça que j'ai accepté de t'emmener à la pêche. Moi aussi, j'aurais aimé naviguer avec mon vieux. *Le cénotaphe d'une espérance*, qu'il disait, à propos des bouteilles de pinard. C'est beau, non ? Il était un peu poète, mon père.

— Je ne sais pas ce que c'est qu'un cénotaphe…

— C'est un tombeau, sans corps dedans. Un cénotaphe… Un tombeau vide. Moi, je suis tout le contraire, je suis un corps plein de tombes à l'intérieur… Tu vois, ça déborde de tombes là-dedans, je ne sais plus où les mettre.

La bouteille continuait d'être emportée par le courant, on ne voyait d'elle que le goulot luisant et le bouchon de liège. La charge du soleil sur ma nuque m'irritait, on suffoquait sous une telle chaleur et sans aucun courant d'air. Lazare avança son buste vers moi, ses mains en losange, les doigts pointés vers le fond de la barque :

— Tu crois que ça les fait un peu bander, les poissons, de voir le cul de la bouteille, comme ça, qui remue sous l'eau… qui se trémousse sous leurs gros yeux livides ? Ça les excite ou pas, tous ces petits reflets de verre ?

Je le dévisageai, laissant passer quelques secondes, puis je détournai le regard vers la bouteille.

— Écoutez, Lazare, vous faites bien ce que vous voulez. Mais quitte à choisir, là, tout de suite, entre votre histoire et la bouteille, je vous le dis sans hésiter :

je préfère qu'on récupère la bouteille. Je déteste qu'on pollue les cours d'eau.

— Elle est vide, la bouteille ! Elle est vide, mon gars ! Il ne reste plus une goutte là-dedans. Vide, je te dis !

— Vide ou pleine, ça m'est égal. On va la chercher.

Ma réponse le fit éclater de rire, il saisit mon poignet d'une main ferme et le secoua comme celui d'un enfant.

— Ah ! ça, j'aime bien, ça ! lâcha-t-il. Le caractère ! J'aime bien quand tu montres les crocs, toi ! Allez, ne t'inquiète pas, va, mon gars, j'abandonne jamais une bouteille derrière moi, c'était une plaisanterie. Je voulais juste voir… je ne sais pas trop ce que je voulais voir, mais je t'avouerai que j'aime ça : regarder le verre flotter un peu sur la rivière. Les naufragés jettent bien des bouteilles à la mer, non ? Enfin, eux, ils les jettent avec des messages à l'intérieur…

Il activa la poignée du moteur, accéléra en direction de la bouteille qu'il récupéra sur l'eau d'une main adroite. Il me la tendit, puis il accéléra davantage pour franchir le méandre alors que le Doubs s'élargissait. Sur la rive opposée, un pré donnait à voir les vaches qui ruminaient paisiblement, tandis que trois veaux approchaient de la berge. Les champs, plus loin, au-delà des marécages, exhalaient une forte odeur de purin. J'ôtai le bouchon de la bouteille, la remplis avec l'eau de la rivière et la versai sur ma nuque. J'en bus la fin et la remis à son propriétaire. Lazare conservait le silence, le regard absent. Il coupa le moteur, vérifia que les poissons restaient encore au frais dans la glacière, puis il soupira :

— C'était une erreur, une grosse erreur de ma part de provoquer Fornblung. J'avais cédé à la colère, à la vexation, et ça s'est retourné contre moi. Je venais de briser définitivement notre amitié… j'avais dynamité notre relation. Là-dessus, le notaire, Dendru, il m'a convoqué dans son étude quelques jours plus tard. « M. Fornblung me dit que vous avez des difficultés à le rembourser, au sujet de l'emprunt que vous avez contracté auprès de lui pour l'achat de votre atelier. » Voilà ce que Dendru me sort, avec ses lèvres pincées, sa cravate à rayures et son gilet en alpaga… le gentil Louis-Félix. C'est son prénom, Louis-Félix, avec sa gueule de premier de classe… La vie lisse, Dendru, la vie tiède, la vie procédurière, tout comme il faut, sans éclats, sans fêlure, jamais : le type parfait, et tellement parfait qu'il en a crevé dépressif. Enfin, bref, j'étais dans mon tort, j'avais bel et bien signé une reconnaissance de dette à Endrik, et je n'étais pas en mesure de le rembourser… « Cela peut donner lieu à l'intervention d'un huissier ainsi qu'à des poursuites judiciaires, vous ne l'ignorez pas », voilà comment il me sermonne, Dendru, tout content de m'enfoncer ! Avec sa voix mielleuse… Pourtant, quand il avait eu besoin d'une ventouse à la quincaillerie, pour déboucher ses chiottes, et qu'il ne savait pas comment s'y prendre, tout paniqué, ça ne m'avait pas dérangé, moi, d'aller chez lui pour l'aider… pour les lui déboucher, ses chiottes, tiens ! Mais là, Dendru… ah ! là… maintenant, il pouvait me charger, comme les autres, ce tocard, il était dans son bon droit. Et moi, je me voyais déjà en train de revendre l'atelier… ma seule source de revenus à l'époque. Ah ! putain, que tout allait mal, en ce temps-là… quand j'y repense…

— Mais attendez, coupai-je, pourquoi vous a-t-il mis la pression, Fornblung, s'il n'avait pas besoin d'argent ? Seulement par esprit de vengeance ?

— Je suppose… il m'envoyait un signal. Et comme pour tant de gens riches, il ne voyait pas très bien ce que l'argent pouvait signifier pour quelqu'un qui n'en a pas. Il m'intimait de rester à l'écart par l'intermédiaire d'un notaire. Et puis Dendru, lui, tu pouvais être sûr qu'il répèterait l'histoire… Avec l'affaire du prêt pour l'acquisition de l'atelier, on m'accusait maintenant de voler l'argent de ce brave M. Fornblung. Après avoir tenté de lui voler sa femme. Pour eux, dans le village, ça se tenait sans forcer, tu vois bien : Lazare, ce double traître, coupable d'adultère et de vol. La cour est pleine… et pleine de merde, en ce qui me concerne ! Fini, le temps des fleurs et des apéros chez les copains. Autant te dire que l'histoire de ma dette à l'égard de Fornblung s'est répandue à toute vitesse. Peu de gens savent ce que c'est, ça, le regard des autres dans un petit village, le sien, celui où on a toujours vécu… le regard de l'inquisition, de la morale, partout, sur la place publique, à la sortie de l'école quand vous allez chercher votre fille, à l'église ou au bistrot, quand le facteur passe à reculons vous déposer une lettre, et avec lequel, pourtant, vous preniez autrefois le café… Pire encore, tiens, une fois, je me suis rendu à la maison de retraite médicalisée, là où travaillait Juliette, parce que mon oncle venait d'y être admis. Je lui rends une petite visite, au pauvre vieux qui commençait à perdre la boule. Il était content de me voir, d'autant plus que je lui avais apporté un peu de fromage du Jura… À un moment donné, je sors dans le couloir et j'entends dans la salle du personnel que les infirmières et les aides-soignantes parlent sur mon compte : « Un vrai salaud, ce type. Tu sais qu'il trompe Juliette avec la femme d'un de leurs amis. Juliette, elle m'en a parlé, mais elle n'ose pas le quitter. C'est un pervers narcissique, je suis sûre. » Voilà ce qu'elles racontaient, en substance, et je ne leur en voulais pas… J'avais humilié Juliette, je connaissais à présent l'humiliation. Et à mesure que montait cette humiliation, montait ma détestation à l'égard de Fornblung. Et de Mougin, aussi, je ne l'oubliais pas, qui continuait de raconter des sornettes sur mon compte. J'étais anéanti. Je songeais à mon tour à quitter ce village, à acheter un bateau et à m'enfuir pour ne plus jamais y revenir, mais j'étais incapable d'abandonner ma fille, ça, non. J'étais capable de tout, prendre un bateau, un avion, ou même une navette spatiale pour me tirer au plus loin et au plus vite, mais au nom d'Élisa, de ma petite fille, je n'en avais pas le droit. Et j'en étais incapable. Parce que… On peut pardonner la fragilité d'un homme, ses errements, son besoin de passion, qui n'est jamais que le besoin de fuir. Et se fuir lui-même, au fond… mais on ne pardonne pas la trahison. Non ! Et je comprenais, maintenant que les choses se tarissaient, que ma fille avait besoin de Juliette et de moi, que tout ça s'éclaircissait comme un jour nouveau. Et voilà donc que, peu de temps après, je reçois une lettre recommandée de Fornblung, me priant de bien vouloir le rembourser avant son départ pour la Nouvelle-Calédonie, car « nous étions convenus d'un accord », écrivait-il… Tout est affaire de pacte, chez M. Fornblung. L'argent, l'amitié, sa propre femme, la vie, la nature… tout se résume à un pacte pour ce genre de personnes. Il pilotait sa vie mieux qu'un avion. Et comme les ennuis volent toujours en escadrille, et que ma descente aux enfers ne faisait que commencer, ma mère est morte à l'hôpital de Montbéliard, à peu près au même moment. Elle avait cinquante-quatre ans. Avant de suivre le cortège funèbre pour l'enterrement, seul avec elle, j'ai regardé son visage, ce beau visage de ma mère, elle avait terriblement souffert durant sa maladie avant de lâcher son dernier souffle, ça se voyait encore sur ses traits. On avait recouvert son crâne d'une perruque infâme, car elle était devenue chauve à cause du traitement... ma mère avait pourtant de très beaux cheveux, que la chimiothérapie et les rayons avaient annihilés. Cette chevelure artificielle, synthétique, ça me donnait la chair de poule au toucher, ça me dégoûtait au plus haut point. Je la lui ai enlevée, juste avant que les croque-morts n'apposent le couvercle sur le cercueil, puis, une fois à l'église, j'ai vécu une cérémonie très étrange, très difficile... Il y a bien eu quelques discours, pas très longs, un peu maladroits, et quand j'ai pris la parole pour rendre un dernier hommage à ma mère, j'avais le sentiment que tous ces gens qui me regardaient, que je connaissais bien, tous, depuis l'enfance, avaient en tête autre chose, comme s'il s'était produit un décalage, une rupture, entre leur raison d'être ici, dans la maison de Dieu, pour ma mère, et ce qu'ils pensaient de moi... Leurs gros yeux braqués sur l'autel, en se disant que je n'étais qu'un vaurien, un voleur, et que je ne méritais sans doute pas de prononcer une dernière oraison pour ma mère, cette femme pieuse que tout le monde respectait dans le village. Et tu sais quoi ? J'ai hésité à un moment, là, debout devant le micro, dans cette église où ma voix résonnait sous les grandes voûtes d'ogives, à leur dire la vérité, celle qu'ils ne connaissaient pas, celle qu'on ne leur avait jamais dite, celle que je n'avais jamais racontée, par… par pudeur, peut-être, par décence, sans doute. Probablement par respect pour Ouliana… Elle, elle n'était pas là, étant en Russie pour quelques jours, mais Fornblung était à l'église, lui. J'aurais pu leur dire, à cet instant, à tous, j'aurais pu démolir le mythe, dans cette église, sous le grand Jésus crucifié avec son pagne blanc, j'aurais pu briser la statue vivante et impuissante qu'un village avait érigée… Oui, j'aurais pu leur dire comme ça : « Voilà, jugez-moi, mes frères, allez-y, si ça vous permet de mieux dormir, de vous sentir droits dans vos bottes, si la digestion du gigot le dimanche se déroule mieux, d'accord… mais laissez-moi vous dire que le brave chanteur de chorale, ici présent, est le tout premier responsable de ce foutu désastre ! Quel homme, avec un fond d'estime et d'amour-propre, prendrait plaisir à livrer sa femme au premier venu ? » Mais je n'ai rien dit, non. Je ne suis pas comme ça, je sais me tenir, ou à peu près, j'encaisse en silence. Je suis donc allé me rasseoir. Sur un des bancs, à quelques rangées dans mon dos, était assis Fornblung, habillé d'un costume noir impeccable, d'une écharpe rose crème, et de ses belles pompes cirées qui caressaient les dalles de l'église. Tout élégant, silencieux, il avait joint ses mains pour prier. Pourquoi était-il venu ? Ma mère, il avait dû la voir dix fois, à tout casser… mais encore ce besoin de paraître, de parader, de montrer que lui aussi appartenait à la communauté. La bonne âme. Survenue à la bonne heure, qui voulait pleurer nos morts... Foutaises... Avant de sortir, il s'est avancé vers moi et m'a tendu la main pour me murmurer une connerie du genre « mes sincères condoléances... » Puis je suis sorti, parmi les derniers de l'église, et je suis resté un moment au sommet des marches, à observer la petite foule massée sur le parvis, sous la pluie qui mouillait les costumes sombres... La pluie grasse qui collait aux parapluies, aux vestons, au bitume... Je les regardais, leurs visages, j'entendais leurs voix faibles, je ne voyais que des ombres rassemblées en petites grappes sur le parvis, qui me dévisageaient, qui attendaient le cercueil pour enfin rejoindre le cimetière... Et j'ai ressenti quelque chose de très profond, une blessure dans le silence, dans le bruit des cloches, plutôt, et je crois bien qu'on appelle ça l'*abandon*. Oui, ce jour-là on m'a volé le recueillement, on m'a volé le besoin de rendre hommage à ma mère. Les habitants du village m'observaient, et j'aurais voulu me cacher dans le cercueil, tout contre elle, justement, pour qu'on m'oublie une bonne fois pour toutes... Je suis revenu du cimetière l'âme en lambeaux. Mon père, lui, a versé dans une profonde dépression, il ne se rendait même plus à la quincaillerie. La vie me laissait un goût de cendres... Et d'ailleurs, la perruque, j'y repense maintenant, j'y ai mis le feu. Je l'ai jetée dans la cheminée, le surlendemain des funérailles. Ça a dégagé une odeur terrible. Fornblung, je ne l'ai pas revu pendant plusieurs semaines. Ouliana non plus. Le couple organisait des dîners chez eux, des soirées mondaines avec Mme la mairesse, Mougin, Lessner, Dendru, et leurs femmes, bien évidemment, qui dans le dos d'Ouliana en disaient autrefois le plus grand mal… Maintenant, elles lui offraient des petits cadeaux, elles l'invitaient, ça jouait les consolantes… Des courtisans, des écornifleurs, tous bien heureux de bouffer à la table du prince. J'étais devenu le sale relaps, pour ma part. Mais ça ne m'atteignait plus. Tout m'était égal, plus rien ne m'affectait, les gens pouvaient savoir, ne pas savoir, je m'en foutais royalement. Quand je croisais Ouliana, je passais mon chemin. Je ne voulais avoir pour elle que de l'indifférence. À la mort de ma mère, elle m'avait cependant laissé un message sur mon téléphone, des paroles réconfortantes… J'ai aussi réalisé, à cette époque, qu'il avait manqué un chapitre de première importance dans notre histoire : la séduction. Le rôle de la séduction, le doute qui l'accompagne, la manœuvre… Le besoin de plaire, l'envie d'attirer l'attention, l'idée de conquête aussi. Car dans le besoin de plaire, il y a l'envie d'être aimé, non, de susciter un peu l'intérêt ? On reste à jamais des animaux, et les animaux effectuent une parade nuptiale, insistante, souvent ridicule, en vue de s'accoupler… Pour Ouliana et moi, il n'y avait eu rien de tout cela : son mari m'avait donné le droit de la toucher, de la prendre, il m'avait dit comme ça, un soir : « Monte la voir… amusez-vous ! Il y a un droit au plaisir. » Il aurait presque ajouté, pour un peu : « Sers-toi, ma femme est la tienne », oui, il me l'avait donnée, presque en claquant des doigts. Et moi, j'étais monté. Maintenant, je dégringolais… Je chutais, lourdement. Et pourtant, un homme, ça doit savoir s'empêcher… Un homme doit savoir dire non.

J'attendais l'exil du couple. Je me consacrais à mon travail, dans l'atelier, je concevais des tabourets pour une marque suisse, et des chaises pour enfants, en chêne et en sapin. En définitive, je dirais que cette période fut même plutôt agréable, et même très douce, une fois que j'eus accepté la disparition de ma mère. Juliette a été très présente. J'ai pris du recul grâce à ces semaines de travail assidu, je travaillais le bois, jour et nuit, je prenais des cours avec un ébéniste de Baume-les-Dames. Ma vie se résumait à la scie et au rabot. Je progressais, mes ouvrages étaient bien plus raffinés qu'avant, des clients me félicitaient. Enfin, je recommençais à parler avec Juliette… « Pour la petite, disait-elle, il ne faut pas qu'on se sépare, elle ne mérite pas ça, elle en souffrirait trop. » J'étais bien d'accord. Je lui promettais que j'allais réparer mes fautes, essayer de *nous* reconstruire une vie nouvelle… Une fois, un soir, j'aperçois Mougin qui sort du bar de la place centrale. Je l'ai suivi, et dans une ruelle en traboule je l'ai empoigné au col : « Toi ! je lui dis comme ça, je te préviens, tu continues à raconter des conneries dans mon dos et je t'éclate la tête. Compris ? » Ma main serrait sa gorge, il a eu les chocottes…

— Je me permets de vous interrompre, Lazare, mais vous en parlez souvent, de Mougin. C'est qui, au juste ?

— Mougin… C'est l'ancien éclusier. On est éclusier de père en fils, chez les Mougin. On ouvre et on ferme des portes. À croire qu'on a le sentiment d'influer sur le cours d'une rivière, comme ça… Sauf que le père était vraiment un gars bien, un ami de la famille, et un fin connaisseur des ouvrages d'art dans la région. Le rejeton, lui, est du même âge que moi : on était au bahut ensemble, et on jouait dans la même équipe de foot. On faisait plutôt une bonne paire, d'ailleurs, au milieu de terrain, on était complices, un peu copains... Ensuite, il s'est essayé à une école de commerce, après le bac, et ça l'a radicalement changé... mais il n'avait pas assez d'envergure pour nager parmi les requins. Un imbécile doublé d'un margoulin, Mougin. Toutes les entreprises à Paris, Sochaux, Dijon, Besançon, dans lesquelles il avait été embauché ont fini par le foutre à la porte ! Il revenait ici, à chaque fois, dans son costard trop grand pour lui, couvert de pellicules, sa fierté immense... Ma mauvaise relation avec lui date de l'époque où il avait laissé une ardoise à la quincaillerie de mon père. Et mon père, forcément, n'osait pas lui réclamer son dû. Parce que c'était le fils d'un ami décédé, parce qu'il ne faut pas faire de vagues, tout ça... Mais moi, rien à foutre : un jour, je suis allé le voir à l'écluse, et je lui ai demandé de régler la note. Il m'a envoyé promener. On n'a pas été loin d'en venir aux mains... Mougin, de par la proximité de l'écluse avec la maison du docteur Moreau, rencontrait souvent Ouliana et Endrik. Tout gentil, plus doux qu'un agneau devant eux. Mais c'est un pique-assiette, faut pas se leurrer... S'il peut profiter des largesses d'autrui, ne rien foutre et se gaver un peu sur les autres, il est content. Un arriviste qui n'arrivera jamais à rien... Et qui avait des vues sur Ouliana, je le sais. Il essayait de la séduire, il me jalousait... Une fois, alors qu'elle faisait son jogging sur le chemin de halage, il avait essayé de la draguer. Depuis, elle s'en méfiait. Elle ne l'aimait pas. C'est aussi ce que j'admirais chez cette femme, cette capacité à discerner les courtisans autour de son mari, les piranhas attirés par sa générosité. Ouliana était dotée d'une rare intuition là-dessus, crois-moi... Ce qu'il faut comprendre, c'est que Mougin balançait d'innombrables rumeurs sur mon compte. Et Fornblung, lui, il s'est mis à l'écouter. Ils allaient chasser ensemble. Mougin lui parlait des écluses, de la région, des villes autour, car on doit lui reconnaître ça, c'est un beau parleur, il sait manier la flagornerie comme personne. Étonnant qu'il n'ait pas réussi dans le commerce... Mais comme je te disais, pour ma part, j'étais devenu étranger à cette brochette d'ordures : Lessner, la mairesse, Dendru, Mougin... Je vivais dans mon coin et j'essayais d'oublier Ouliana, ce qui n'était pas simple, tentant aussi de réparer ce que j'avais abîmé auprès de ma femme. J'espérais en une forme de rédemption, déterminé à ce que ma vie trouve son équilibre entre la forêt, la barque, l'atelier. Et la chapelle aussi. Il faut des lieux... des lieux qui vous relèvent, et où le monde ne ressemble pas toujours à un lamentable chaos... J'ai écrit à Fornblung une lettre qui tenait en quelques lignes où je lui annonçais que je venais de recevoir des commandes importantes, en menuiserie, qu'il aurait rapidement une partie de son argent, et qu'une fois l'atelier remboursé, il serait mieux qu'il m'oublie, à jamais. Puis les semaines ont passé. Cinq ou six environ. Ils organisaient leur départ, ce qui peinait beaucoup de monde. Lui continuait quand même de chanter dans la paroisse, mais il avait démissionné de son poste de président du club de football. Elle, Ouliana, se rendait souvent à Dijon, Paris ou Colmar, pour courir les boutiques... Puis ils sont partis, enfin, c'est ce que je croyais, car je ne les voyais plus sur le domaine. Et un soir, oui, un soir je me souviens, voilà que la gendarmerie m'appelle : « Mme Fornblung a disparu. Auriez-vous une idée de l'endroit où elle peut se trouver ? Auriez-vous des informations à nous communiquer ? » Merde alors ! J'étais atterré. Endrik remuait ciel et terre depuis des heures, la police et les gendarmes fouillaient partout dans le village. Ils m'enjoignent de les rejoindre, en pleine nuit, pour les aider. Rien. Toute la nuit et le jour suivant, on a arpenté les rives du Doubs. On a organisé une battue, avec les habitants du village, les plongeurs fouillaient partout. Les policiers, les gendarmes, les chiens avaient été rameutés. Rien. Pas de nouvelles d'Ouliana, nulle part. Ça a duré plusieurs jours, je ne sais plus combien exactement… Et un matin, vers dix heures, alors qu'on était tous exténués, transis par la pluie qui ne cessait de tomber, et qu'on s'était réfugiés dans une cabane de chasse pour boire un café, un adolescent est venu tambouriner à la porte : « On l'a retrouvée ! » il s'écriait, tout affolé, on l'a retrouvée… Alors j'ai couru vers la rivière, j'ai sauté dans ma barque, sous une pluie battante, et j'ai rejoint la brigade fluviale. Là-bas, les plongeurs venaient de trouver le corps d'Ouliana… *Ici*, à l'endroit où on se trouve en ce moment même…

J'étais stupéfait, les yeux écarquillés, observant tout autour de moi, attendant la suite, tandis que Lazare me fixait de son œil unique. Sa pupille percée d'une lueur douloureuse.

— C'est exactement *ici*… À l'endroit où on se trouve, toi et moi, que les plongeurs ont repêché le corps d'Ouliana. J'étais à moins d'un mètre du bateau de la brigade fluviale, à bord de ma barque. J'ai vu son corps inerte, tout pâle, sa peau presque bleue, ses pieds nus, ses membres relâchés. Son visage… on aurait dit celui d'une sainte… sous sa masse de cheveux noirs alourdie par l'eau. Oui, c'était une sainte à cet instant. Son corps trempé, ses yeux ouverts, noirs et froids… À deux mètres de moi, sans vie, vêtue d'une simple robe qui collait à sa peau, Ouliana était étendue au fond du Zodiac, entre les plongeurs en combinaison. Ils sont partis, moteurs à fond, sur la rivière. Les sirènes des véhicules sur la berge résonnaient dans toute la forêt. Les autres barques de pêcheurs se dispersaient, il y eut un grand silence à la surface de l'eau. J'étais tétanisé. Pétrifié. Pendant de longues minutes, je me suis montré incapable de réagir, je ne reconnaissais plus rien autour de moi… Je ne sais même plus où j'ai dormi cette nuit-là, et le lendemain matin je me suis rendu chez Fornblung, en prenant par le sentier des saules. J'ai décidé de marquer un arrêt sur le chemin de halage, là où on avait l'habitude de bavarder, Endrik, Ouliana et moi. Il y a eu cette seconde vision d'horreur : la terre était clairsemée de débris étranges, autour de plusieurs grands seaux et de boîtes renversées… Dans les parcs, tous les escargots de Fornblung avaient été piétinés ! Leurs coquilles éclatées, les escargots gisaient au sol, se traînant comme des larves à l'agonie, c'était à peine tenable… Plusieurs centaines, peut-être même des milliers d'escargots ! Fornblung avait saccagé son propre élevage… Je suis remonté par le chemin puis j'ai frappé à la porte qui a mis un moment à s'ouvrir. Dans le chambranle, Fornblung est apparu, la mine déconfite, les yeux glauques, creusés, cernés, il me regarde, hagard, comme si j'étais un genre de fantôme. Je lui présente mes condoléances… Il m'invite à entrer, on s'installe dans le salon. Je lui témoigne toute ma douleur, mon chagrin. Mais ses yeux rouges ne me lâchent pas. Il écoute, il se fiche de ma peine parce que la sienne lui suffit déjà, c'est évident... Il y a longtemps que nous n'avons plus rien à échanger, lui et moi, il me dit : « Les gendarmes pensent que c'est un accident, ou un suicide. Ouliana serait tombée à l'eau, elle ne sait pas très bien nager... Elle a dû paniquer, à cause du courant... Je ne sais pas. Ils disent qu'il faut attendre le rapport du médecin légiste. — Mais elle n'a pas laissé de lettre ? Rien ? — Rien. Rien du tout, aucun signe. » Puis il se met à me parler d'elle, d'Ouliana, ou plutôt, d'*Altinaï*... son prénom de naissance, celui que lui avait donné sa mère... Altinaï Nourjanovna Zakirova, la fille de la steppe kazakhe et de Moscou. Il l'avait connue grâce à une agence matrimoniale spécialisée dans le mariage entre femmes de l'Est et hommes occidentaux. Elle avait déjà été mariée, à l'âge de dix-neuf ans, avec un Russe de Saratov parti faire fortune dans les pays du Golfe. Elle l'avait attendu, il l'avait abandonnée... Alors qu'elle était enceinte. Elle avait décidé d'avorter, trop inquiète à l'idée d'élever seule un enfant. À Moscou, elle avait pris le prénom d'Ouliana, un prénom russe, un genre de pseudonyme, et, pour gagner sa vie, elle avait dansé sur les comptoirs de discothèques minables... elle avait aussi travaillé dans un salon de massage, avant de repartir tenter sa chance au Kazakhstan comme hôtesse d'accueil à l'aéroport d'Astana. Ce sont des vies où on court après l'argent, sans relâche, pour essayer de subsister. Après deux ans passés dans la steppe kazakhe, elle était revenue en Russie et ne supportait pas cette vie pauvre et grise, alors qu'elle connaissait le pouvoir de sa beauté, de sa grâce. De sa jeunesse. À l'âge de vingt-trois ans, une agence matrimoniale russe s'était chargée de lui faire rencontrer un Allemand de plus de trente ans son aîné, divorcé, pilote de ligne qui entendait partir à la retraite. Il s'appelait Endrik Fornblung. Il jouissait d'une fortune acquise dans l'immobilier ainsi que dans des placements judicieux. Il parlait un russe élémentaire et se montrerait affectueux. Dès leur premier rendez-vous, le courant était passé… Huit mois plus tard, Ouliana et Fornblung se mariaient et voyageaient autour du globe… Et soudain, Endrik s'est arrêté de parler. Il m'a répété, je ne sais combien de fois, en pleurant, qu'Ouliana était *toute* sa vie, qu'il ne vivait que pour la rendre heureuse, que c'était une âme pure. Une âme pure, oui, il répétait ce mot… Et maintenant, il devait ramener sa dépouille auprès de sa mère, au Kazakhstan… Bientôt âgé de soixante-dix ans, Endrik Fornblung se retrouvait seul, à devoir tout recommencer. Et c'est à ce moment-là qu'il m'a dit, d'une voix désespérée, qu'il était convaincu qu'Ouliana ne s'était pas donné la mort, qu'elle n'aurait jamais fait ça, et qu'il n'avait aucune confiance dans le rapport de la gendarmerie. « Je sais très bien ce qui s'est passé. Je le sais très bien… — Qu'est-ce qui s'est passé, Endrik ? je lui ai demandé. — C'est *toi* qui l'as tuée, il a dit. Je vois ça d'ici. Elle t'a annoncé qu'elle n'éprouvait rien pour toi… Elle qui était si heureuse de partir en Nouvelle-Calédonie, dans le Pacifique, s'installer sur une île… Et toi, avec ta jalousie, parce que c'est ça, ta nature, ta vraie nature, tu es un homme jaloux, jaloux de tout ce que les autres possèdent… tu jalouses tout !

Tout ce que j'avais ! Preuve en est : tu es venu chez moi, une nuit, pour m'extorquer de l'argent ! Tu as voulu briser son rêve, notre rêve ! » Voilà ce qu'il me jette au visage. J'ai rétorqué aussi vivement que j'ai pu que je ne l'avais pas tuée et qu'il perdait les pédales, je lui ai dit qu'il déraillait complètement. Mais Fornblung, à ce moment-là, n'écoute rien, il me traite de salaud, à répétition, de salaud et d'assassin, de criminel. Il hurle, hargneux et inconsolable, les yeux injectés de sang. Alors je me lève pour lui crier de retrouver sa raison… Je lui annonce que ça ne peut pas être moi : le jour de sa mort, toute la journée, je me trouvais dans la quincaillerie de mon père, il peut vérifier, s'il le souhaite. « Demande donc à mon père, il te le confirmera », je répète, mais ça n'eut pour effet que de jeter de l'huile sur le feu. « La quincaillerie, ah !, il dit comme ça, la quincaillerie… C'est donc ça, ton alibi pour ton crime, la quincaillerie ? Très bien, j'irai vérifier. Vous vous couvrez tous ici, en famille, dans le village… tous consanguins, c'est ça ? On défend les gars du cru, hein ! Bande de salopards, de fils de pute ! — Va vérifier !, je lui assène, va vérifier ! Demande à mon père, il te le dira, que toute la semaine passée j'étais à la quincaillerie ! » J'essayais de le calmer, ajoutant qu'il fallait attendre les résultats de l'enquête et le rapport du médecin légiste, mais rien n'y faisait. Il avait perdu toute lucidité. « D'accord, il me dit, d'accord, tu as raison, on va attendre… ne reviens pas ici. Tire-toi. » Et Fornblung s'est levé pour aller dans la cuisine. Comme j'en avais assez de toute cette histoire, j'ai enfilé ma veste et me suis préparé à partir. J'allais quitter la maison quand là, soudain, une photo sur une commode a attiré mon regard… Une photo magnifique que je n'avais jamais remarquée lors de mes visites dans la maison : elle montrait Ouliana à l'avant d'un petit bateau, un genre de caïque rouge, sur une mer, devant un paysage époustouflant. Je m'y suis attardé, une bonne minute, je dirais… Elle m'émouvait beaucoup. Ouliana y souriait, avec le sourire d'une jeune femme heureuse… Oui, elle semblait vraiment heureuse sur cette photo. Et quand j'ai relevé la tête, Fornblung était au milieu du couloir, armé de son fusil de chasse, le canon braqué sur moi. Il a tiré. Une douleur vive, atroce… ça m'a traversé la poitrine, comme si mes côtes prenaient feu ! Une douleur inouïe, je te jure… je suis tombé à la renverse, au pied du piano, derrière lequel j'ai tenté de me réfugier. Je revois la scène. Ça ne s'oublie pas. Fornblung éjecte les douilles, recharge le fusil. Je rampe sous l'instrument, et je me redresse comme je peux, puis je cours, complètement perdu, comme une bête traquée, vers la véranda. La porte là-bas y est toujours ouverte, c'est ma seule chance, mais j'ai chuté dans les trois marches qui y menaient. Il m'a rattrapé. Je le supplie de ne pas me tuer, il hésite… ça me laisse une seconde pour me décaler vers la fenêtre. J'avais l'espoir d'atteindre la grande baie vitrée, d'où j'aurais pu fuir… Et quand je détourne la tête, j'entends une grande détonation près de mon oreille. Ce deuxième coup de feu m'a emporté une partie de la mâchoire. D'autres plombs sont allés se loger dans ma nuque. Je me suis effondré. « Relève-toi !, il hurlait, Allez, t'es un grand gaillard ! T'es un costaud ! C'est toi, qui l'as tuée, Ouliana. Avoue ! Avoue-le ! » Et moi, je n'arrivais plus à articuler, j'étais déjà à moitié mort, le dos appuyé contre le divan en osier. « T'as tué ma femme... tu l'as tuée... », il hurlait comme ça. Je ne sais pas combien de fois il a répété cette phrase... Ma chemise était maculée de sang, oh ! de ça, je me souviens très bien : le sang me coulait de partout, je me vidais comme un porc à l'abattoir... Fornblung s'est assis sur le divan, avec le fusil entre les jambes, et il me regardait. Il s'est mis à sangloter puis à chanter, une chanson en allemand, toute douce... J'étais sur le point de perdre connaissance, je retenais ma mâchoire d'une main, l'autre appuyée sur mes côtes... je... enfin, et lui, quoi, il me regardait, en pleurant, et en continuant de chanter, il me parlait, je ne pouvais rien répondre... Alors, brusquement, il a saisi une bouteille vide, et il l'a cassée sur le rebord de la table basse. Avec le tesson de bouteille, il m'a écorché le visage... il a crevé mon œil gauche, comme tu peux le voir, il m'a entièrement défiguré, et j'ai perdu connaissance, mon corps, pris de convulsions, sursautait... je ne sais pas comment on appelle ça... je crois que j'étais déjà un peu mort...

Lazare déboutonna les boutons supérieurs de sa vareuse, puis ceux de sa chemise, un bouton après l'autre, pour me donner à voir l'effroyable spectacle de son torse. Sa peau, sur le bas de la gorge, semblait comme vérolée, avec d'innombrables cicatrices et des bulbes rosâtres, qui témoignaient des plombs qu'il avait reçus, à bout portant, tandis que d'autres cicatrices lui zébraient les côtes. Il avait été lacéré sur l'ensemble du haut du corps par le tesson de bouteille.

— Voilà. C'est ce que je suis, aujourd'hui. J'ai reçu des dizaines de coups, avec la bouteille cassée...

Fornblung s'est acharné. Les plaies que tu vois, c'est le résultat des plombs et des éclats de verre. Il m'a mis en lambeaux. Mais il n'est pas arrivé jusqu'au cœur. Il m'a laissé pour mort dans la véranda de sa maison, et ce n'est pas tout… car ce qu'il s'est passé ensuite…

Lazare avait de la difficulté à s'exprimer, les larmes lui montaient dans son seul œil valide, ce qui conférait une expression étrange à son visage. Un œil pleurait, laissant échapper de fines larmes qui roulaient sur sa joue, tandis que l'autre, celui de verre, scrutait la rivière. Impavide.

— Fornblung est devenu fou ! Fou pour de bon ! Pire qu'un chien enragé… Il a pris sa voiture avant de filer vers le village, ivre mort. Il s'est garé près de l'église, il a traversé le centre-ville pour rejoindre la fontaine… Armé de son fusil, il a pénétré dans la quincaillerie de mon vieux. Mais mon père n'était pas là. Comme chaque mercredi, c'était Fernand Michaud, un de ses amis, qui lui gardait la boutique… Il s'avère que Fernand ressemble beaucoup à mon père, de visage, et Fornblung a confondu. De toute façon, je crois qu'il était trop bourré pour distinguer l'un de l'autre. Il l'a abattu à bout portant. De deux salves. Ensuite, il ne savait pas où aller ni à qui régler son compte… Pendant tout ce temps, moi, j'agonisais sur le parquet de la véranda. J'ai une dernière image là-bas, juste avant de tomber dans les vapes, j'ai ouvert les yeux et me suis senti presque lucide. J'ai un souvenir précis de ce plafond, avec ses poutres qui le traversaient… cette lumière… une belle lumière de printemps, toute verte et bleue, qui se répandait dans la pièce, le soleil se réfléchissait sur le bois et sur la petite table basse, celle que j'avais fabriquée… Cette vision a duré quelques secondes tout au plus, une poignée de secondes, avant le néant. Pendant ce temps, Fornblung avançait dans la rue du Maréchal-Joffre, avec son fusil, alors que tout le monde se carapatait. Animé par une envie morbide d'en finir, et en finir pour de bon, il n'a trouvé personne d'autre à qui faire la peau… Dans un moment de lucidité, il a rebroussé chemin pour reprendre sa voiture. Il est parti en trombe sur la départementale, où il s'est arrêté à une station-service, comme si de rien n'était, il a rempli un bidon d'essence, puis il a roulé jusqu'à l'atelier. Mon chien s'y trouvait, dans la niche en bois que j'avais construite. Fornblung l'a abattu froidement d'un coup de fusil, et il a jeté l'arme dans la niche. Il a ensuite forcé la porte, et, une fois dedans, il a tout arrosé d'essence : les établis, les planches, les meubles en cours de construction, les jouets en bois… Il y a mis le feu. Avec le bois sec, les lamelles, les planches entreposées, ça a pris comme dans de la paille, tu penses bien, tout le bâtiment a brûlé en quelques minutes ! Un feu immense, avec des flammes hautes de plusieurs mètres qui tourbillonnaient dans le ciel, à ce qu'on m'a raconté. Fornblung voulait en finir, mais il ne savait plus où aller… Il a pris la route en direction de la frontière allemande. Les policiers le cherchaient partout, quadrillaient le département avec un dispositif de barrages… Même le GIGN avait été alerté. Mais il a réussi à prendre la fuite. La police allemande l'a interpellé deux semaines plus tard, dans un hôtel de Düsseldorf. Fin de la cavale. Il a été extradé vers la France.

— Mais vous ? Comment vous vous en êtes sorti, là-bas, quand vous étiez chez lui ?

— Eh bien… grâce au promoteur du coin, Bernard Vuillemin, à l'époque chargé de la vente de la maison, c'est lui qui m'a trouvé. Il était venu présenter ses condoléances à Fornblung, pour la mort d'Ouliana, et il avait jeté un œil par la fenêtre… Il m'a vu inanimé, baignant dans mon sang, il a appelé les secours. Dans l'ambulance, mon cœur s'est arrêté de battre pendant une bonne minute… On m'a transporté en urgence à Besançon, où je suis resté dans le coma quatre semaines avant d'entrer en service de réanimation. Les médecins s'accordent tous sur un point : le *miracle*. Ma survie tiendrait du miracle… Douze plombs logés dans la poitrine et dans les cervicales, dont deux ayant traversé le poumon droit, ajoutés à l'hémorragie qui m'avait fait perdre une importante quantité de sang, ont fait dire au chirurgien, quelques jours après mon réveil : « Vous, cher monsieur, vous êtes revenu de la mort ! » Et les jours qui ont suivi, quand je scrutais le reflet de mon visage, intégralement bandé, avec seulement une fente pour mon œil valide, ce visage tout blanc de pansements, dans le miroir, je me demandais vraiment si je n'étais pas mort, en réalité… Je savais que je serais défiguré à tout jamais, je serais un homme sans visage, un individu repoussant. La douleur était omniprésente, la peau me brûlait en permanence… j'ai enchaîné les opérations. Une question aussi revenait comme une ritournelle infernale : « Pourquoi ? Pourquoi Ouliana a-t-elle fait ça ? Que s'est-il passé sur les bords de cette rivière ? » Je m'interrogeais sur sa mort, et sur… enfin… et… je…

Lazare pleurait maintenant à chaudes larmes, sa main cramponnée à un des bords de la barque, ses épaules secouées par les spasmes. Ses doigts serraient les rivets, et je constatai pour la première fois l'aspect grêlé de la peau sur sa main gauche. De grandes plaques de psoriasis lui dévoraient la peau. Deux libellules se maintenaient en vol stationnaire, à quelques centimètres de cette main terriblement abîmée ; l'une d'elles se posa dessus, et Lazare ne s'en rendit pas compte. Il tentait de s'exprimer, mais les sanglots rendaient sa parole inaudible. Je lui proposai de s'arrêter, de reprendre son calme, mais il m'ignora totalement, et je crois bien que sur cette barque il se croyait seul avec son ombre et son passé. Je n'ai jamais vu un homme aussi triste que Lazare à cet instant. Ses gestes avaient perdu leur contrôle, sa mâchoire tremblait, une grande détresse le gagnait, il plongea sa main dans la rivière, frotta son visage avec un peu d'eau pour en chasser les larmes…

— Ça ne me dérange pas qu'ils m'appellent Lazare… ou ce qu'ils veulent. Je m'en fous. Je m'y suis habitué. Je suis revenu du monde des morts, après tout, et ni le ciel ni l'enfer n'ont voulu de moi… Je me suis *accroché* sans décider de rien. Chaque jour, je me le demande : comment mon cœur a-t-il fait pour ne pas m'abandonner, pour revenir du fond des abîmes ? On ne décide rien de tout ça… Il y a une vie dans la vie, crois-moi, une vie qui nous échappe, tout au fond de nous. Un genre de petite flamme, tu vois, une toute petite bougie qui refuse de s'éteindre, même privée d'oxygène. Enfin, c'est là qu'une autre histoire a commencé : les médecins légistes ont expliqué qu'Ouliana était morte par noyade, ce qu'on savait déjà, mais ils avaient décelé des marques de griffures, des ecchymoses sur les jambes et les bras, la robe avait été déchirée au niveau du dos. Ces signes pouvaient laisser penser à une agression. À ma sortie de l'hôpital, j'avais la moitié du visage paralysée, je ne pouvais plus parler. J'étais atteint d'amnésie. Une autre opération a permis d'ôter les plombs qui restaient sous ma peau. Ensuite, l'enquête a repris : Fornblung m'accusait d'avoir tué sa femme et s'obstinait à chercher des preuves. Il avait obtenu le témoignage accablant de son jardinier, le jeune Guillaume, qui mentait en disant m'avoir vu, dix jours avant le drame, me disputer avec Ouliana sur le domaine… Endrik avait dû lui donner une belle somme d'argent en échange de son faux témoignage. Un autre témoignage, de Mougin, indiquait que je l'avais menacé dans la rue, et que je lui avais parlé d'Ouliana en disant que « j'allais me la faire, cette garce ». En bref, il n'en fallut pas plus pour que les gendarmes viennent me passer les menottes un beau matin, sous les yeux de ma femme et de ma fille, et que je sois placé en détention provisoire. « Le temps d'éclaircir l'affaire », a dit l'avocat. Je me revois encore, dans ce fourgon cellulaire qui m'emmenait à la maison d'arrêt de Besançon, les menottes enserrant mes poignets, je ne détachais pas les yeux des maillons métalliques et je pensais à Ouliana… Qu'est-ce qui avait bien pu se passer là-bas, sur les bords de la rivière… Mais ça ne servait plus à rien. Les murs de la préventive ont réglé le problème : on m'a collé en cellule avec mes interrogations et le fantôme d'une femme que j'avais encore dans le cœur.

En prison, oui… C'était horrible, les heures les plus dures de ma vie, à cause de l'isolement, de la violence, de la promiscuité… La peur me tordait les boyaux. Et puis l'infini des heures perdues, des heures empoisonnées… entre quatre murs qui semblaient se refermer un peu plus chaque jour, qui gagnaient du terrain sur l'espoir d'en sortir. J'ai beaucoup maigri en cellule. Il ne me restait que la peau sur les os après seulement quatre mois de détention. J'étais devenu un corps décharné. L'enfermement, c'est à devenir fou, complètement cinglé, je te jure… À s'en taper la tête contre les barreaux… Les semaines, les semaines, les semaines qui passent sans savoir quelle tournure prend votre dossier, ni quand on sera jugé, ni quelle sera l'issue du verdict… Moi, ils me voyaient déjà tous coupable, tous bien certains que je l'avais tuée. Un aveugle dans la nuit, voilà à quoi on m'avait réduit. Mon avocat n'était pas très optimiste non plus : beaucoup de témoignages m'accablaient, les blessures sur les jambes et les bras d'Ouliana plaidaient en ma défaveur, ainsi que mon agression sur Mougin, que j'avais reconnue… et surtout, il y avait les déclarations mensongères du jardinier, Guillaume… Donc, oui : je risquais une peine lourde. En détention provisoire, on m'a passé à tabac, une fois, dans les douches. On m'a aussi brûlé la peau des avant-bras avec des cigarettes, et j'ai dû me battre, à deux reprises pour qu'on me respecte. Moi qui déteste les murs, l'exiguïté, le béton, j'étais servi, tiens. Un vrai purgatoire. Je dormais sur un matelas par terre, à côté des latrines, à cause du nombre excessif de prisonniers… On était sept dans une piaule de quatre, tout puait la pisse et les excréments. Je me sentais comme un des escargots du parc de Fornblung, tiens… J'attendais mon procès.

La nuit, quand survenait une crise d'angoisse, à cause de ma claustrophobie, je m'asseyais contre la paroi de la cellule, le dos contre le béton, et j'essayais de me raisonner. Je priais, je tentais de prier, mais ça ne marchait pas... Il me fallait un subterfuge mental pour arriver à m'extraire de ce lieu, sinon j'allais devenir fou. Et alors la seule chose qui a eu un effet sur moi, c'est la construction d'un rêve, sur les conseils d'un codétenu, un Marocain, Hassim. Il m'avait dit : « Quand plus rien ne va, je ferme les yeux et j'imagine le désert, j'imagine que je suis seul dans le désert marocain. Je marche les pieds nus, sur une dune, c'est une dune immense, et ça m'apaise. » Ça m'avait marqué, son histoire... Moi je n'avais pas de dune, je ne connaissais pas le désert... en revanche, j'*avais* autre chose. Alors, j'ai fermé les yeux à mon tour, et je me suis mis à respirer très profondément. C'est en prison que j'ai appris à respirer. J'ai commencé par imaginer le cours de l'eau, les scintillements du soleil sur la rivière, je refaisais les saisons, lentement, j'avais tout mon temps, et je m'y replongeais : je me représentais la rive, d'abord, avec les arbres, les feuilles qui frémissent dans le vent et le vent qui coiffe l'eau, le murmure des flots, les montagnes, ses sommets, ses plateaux, puis mes yeux descendent vers ma canne à pêche. Et là, soudain ! La ligne sursaute, la canne qui tremble dans la paume de mes mains, je mouline, je reconstruis ce décor à la perfection, mieux qu'un peintre... parce que l'esprit est le dernier chevalet d'un homme dans l'isolement, dans sa réclusion... Et dans ce rêve surgissaient des poissons, mes poissons de la rivière, avec leurs écailles gluantes, qui allaient seuls ou en banc, insaisissables, il fallait du contraste, l'ombre et la lumière, et une fois que je suis parvenu à me représenter la rivière, je me suis mis à rêver d'une barque, une embarcation que j'ai conçue dans mon esprit : une très belle barque. Je naviguais de nuit, sous la lune, dans ce rêve. C'était encore plus doux de nuit… Surtout que la lune, je la voyais à travers les barreaux de la cellule… Dans mon rêve, je croisais parfois une péniche, une autre fois des avirons, des canots, des bateaux de plaisance, mais je les imaginais vides, sans aucun passager, tous vides… Je ne voulais plus des hommes : je voulais être seul avec moi-même, les embarcations que je croisais sur la rivière dérivaient sans équipage, des navires fantômes qui se laissaient entraîner vers le déversoir où ils chutaient… Oui, ils se jetaient dans les bouillons d'écume, dans un bruit de fracas, ils se brisaient ! Tous ! Les navires se désintégraient en milliers de morceaux, et la rivière emportait tout ! Rien ne lui résistait… Cette rivière impétueuse entrait en moi, elle me pénétrait par sa puissance, par son rythme, par son chant, elle arrivait à calmer mes crises d'angoisse… De nuit en nuit, de jour en jour, les yeux fermés, j'ai exécuté ce rêve avec davantage de précision, les détails se multipliaient à leur tour : les forêts se densifiaient, les feuilles des arbres devenaient plus vertes, plus mobiles, les épines des conifères plus précises, l'écume plus brillante, et les formes de ma barque encore plus distinctes. Des rochers émergeaient de la surface, si précis que je pouvais voir leurs striures, les touffes de mousse fraîche qui les colonisaient, les feuilles mortes collées sur la pierre. Le cours de l'eau caressait ces rochers, sans cesse, les nuages voyageaient au-dessus de ma tête, les oiseaux planaient haut dans le ciel tout bleu, et le bleu, le vert, le jaune, les couleurs foisonnaient, et se fondaient en moi… La rivière creusait son lit dans mon esprit. Quand il pleuvait au-dehors de la maison d'arrêt, j'imaginais la pluie sur la rivière. Je voyais des animaux sur les rives, des oiseaux surtout, toutes sortes d'oiseaux, en vol ou sur les branches, avec leurs plumes grises et brunes. Cela exigeait une rigueur énorme, tu comprends, une rigueur mentale sans faille, pour maintenir ce rêve à flot pendant des heures. Je ne parle pas juste de faire appel à son imagination, non… d'ailleurs on ne parle pas de rêver, à ce stade, on parle de recréer un monde, au plus juste, au fond de soi, alors que la tête est enserrée par quatre murs et des barreaux. Et ce rêve devenait si vrai, si réel, que je continuais de *voir* et de *sentir* la rivière même lorsque je rouvrais les yeux face au mur de la cellule… Je la voyais miroiter entre les arbres, elle me transcendait, elle était la toute dernière chose qui existait *réellement*, dans ma situation. La rivière me reliait au monde. Je me suis accroché à un cours d'eau… dans mon esprit, j'en voyais les lumières, les éclats, j'en entendais tous les bruits dans les couloirs livides de la centrale. Malgré le bruit sinistre des portes qu'on ferme à triple tour, les bastons, les insultes, les cris, la haine, je ne connaissais plus que la rivière. J'étais devenu un exilé. Je me suis… comment dire… je crois… je crois bien que j'avais trouvé la brèche. Un rêve pour une cavale intérieure… La rivière m'a sauvé la vie, elle m'a lavé l'âme…

Mon père m'a souvent rendu visite à la maison d'arrêt de Besançon, et on se retrouvait au parloir. Mon vieux père ne m'a jamais lâché, lui. Juliette, elle, n'a pas voulu venir, ni amener ma fille. Lors de ma détention, elle avait rencontré un autre homme… Elle me l'a avoué dans une courte lettre… Puis le procès s'est tenu, et j'ai pu clamer mon innocence, j'ai pu dire la vérité, comme je te la raconte ici, sur cette barque, toute la vérité qui est la mienne : j'ai d'abord dit que j'avais perdu mon visage à cause de cette affaire. Puis j'ai indiqué que les éraflures sur les jambes d'Ouliana pouvaient très bien être dues aux ronces qui bordent la rive, à l'endroit où elle s'est noyée, et qu'elle a pu chuter dans la pente. L'endroit, je le connais, il est foireux… Ensuite, j'ai signalé que je n'avais pas revu Ouliana les trois semaines précédant sa mort et que le jeune jardinier disait faux. J'ai évoqué la relation que nous avions entretenue, elle et moi. Oui, Fornblung disait vrai : j'avais proféré des menaces à son égard, un soir, dans mon délire ridicule, et oui, j'avais bien chopé Mougin par le col, pour lui donner une leçon, mais tout ça ne faisait pas de moi un meurtrier. J'ai parlé en toute franchise. Et j'ai dit… devant tout le tribunal… j'ai dit que *j'aimais* Ouliana, du fond du cœur. J'ai dit la vérité. Que mon désir pour elle comportait tellement de souffrance et d'obsession. Beaucoup de personnes du village ont témoigné au tribunal : certains disaient que j'étais un manipulateur, un misogyne, un obsédé… d'autres, en revanche, m'ont défendu… Et parmi eux, étrangement, il y avait des personnes qui ne m'aimaient pas, comme Michel Lessner, le restaurateur. Il a vraiment pris ma défense ce jour-là. Il était le seul à qui Fornblung avait confié, un soir d'ivresse, qu'il aimait choisir les amants de sa femme, que ça l'*excitait*, et qu'il m'utilisait à ses fins. Fornblung lui avait dit que j'étais en quelque sorte son *homme-objet*. Et si le témoignage de Lessner a beaucoup pesé, au tribunal, le vrai coup de théâtre est venu du jardinier, Guillaume... Il a finalement avoué, par une lettre remise aux juges, que Fornblung lui avait bel et bien offert de l'argent, et une sacrée somme, contre son faux témoignage... Il y avait subornation de témoin ! Comme toujours, Fornblung pensait s'en sortir grâce à sa fortune... Puis le verdict est tombé : la justice m'a relaxé. Ç'a été un énorme soulagement... La justice m'a déclaré innocent, mais pas ce village. Les gens, ici, dans la grande majorité, ont acquis la certitude que c'est moi qui l'ai tuée, Ouliana. Ils pensent que mon coup était monté de longue date, que je l'ai entraînée au bord de la rivière pour la noyer... pour faire du mal à Fornblung, pour me venger... Imagine un peu ce que j'ai dû vivre après la levée d'écrou à la maison d'arrêt de Besançon : personne ne m'attendait à la sortie, mon père était malade et se trouvait à l'hôpital, je n'avais plus d'amis à appeler. Je suis rentré chez moi, avec un ticket d'autocar, et je pensais que l'hôpital, la prison, les soupçons, tout ça serait derrière... une vieille histoire... Pas du tout. J'ai d'abord trouvé ma barque vandalisée, retournée sur l'envers : quelqu'un avait écrit à la peinture rouge, sur la coque et les rames : « Dehors l'assassin ! », « À bas le criminel »... Ma vieille barque avait été saccagée, ils l'avaient presque démolie. Mais je l'ai reconstruite. Oui, je l'ai refaite. Tout comme j'ai reconstruit l'atelier incendié, en partie... Et puis, je vais te dire : ce ne sont ni les rumeurs, ni les insultes, ou ce qu'ils racontent, encore maintenant, qui m'importent, non... c'est vis-à-vis de ma fille. Ma femme a demandé le divorce, elle s'est remariée avec un gars de Belfort, un type bien, puis elle a déménagé là-bas, avec Élisa que je vois très rarement. Ces deux-là ont voulu tourner la page. Je les comprends.

— Et lui, Fornblung ?

— Fornblung a payé le prix fort. Homicide de Fernand Michaux, tentative de meurtre sur ma personne, incendie de l'atelier… Il avait aussi abattu mon chien. Enfin ça, tout le monde s'en foutait. Il n'a pas desserré la mâchoire au cours de son procès. Pas un mot. Rien. Tout silence, le chanteur d'opéra… Il a pris perpétuité… Les gardiens l'ont retrouvé pendu dans sa cellule six mois après son incarcération.

Lazare pinça les lèvres, les sourcils haussés, ce qui donnait l'impression que son visage se fissurait, se craquelait comme un plâtre que l'on ouvre. Je scrutai notamment la plus grande de ses cicatrices, et je mesurai à quel point cet homme avait dû souffrir. Son regard était porté vers les flots, avec une violente expression d'humilité, son œil rouge encore des larmes versées.

— Je n'aurais jamais pensé que j'arriverais encore à la raconter, cette histoire. On peut rentrer, maintenant. J'ai la langue sèche… Ça ne reviendra jamais comme avant. Dans la peau, dans la chair, tout ça, chaque jour, ça me tire de partout…

On retournait vers le port, et, avant d'amorcer le tout dernier méandre, je lui demandai si je pouvais lui poser une toute dernière question.

— Vas-y, mon gars. Après on arrête.

— Quand votre cœur a cessé de battre et que vous avez côtoyé la mort pendant une bonne minute, qu'est-ce que vous avez ressenti ? Je sais qu'il y a des témoignages là-dessus, mais vous êtes la première personne que je rencontre… et qui l'a vécue, si on peut dire, cette expérience…

Il ne répondit pas sur l'instant, détournant son visage vers la ripisylve.

— C'est mon secret. Un petit secret que je partage seulement avec Dieu…

— Pardonnez-moi, mais j'ai une dernière question : et si c'était à refaire ?

— De quoi, si c'était à refaire ? *Mourir* ?

— Non, votre histoire, je voulais dire, avec Ouliana ? Si c'était à refaire, vous le referiez ?

— … Je ne me pose pas la question. Ce qui est fait est fait… Laisse un peu le silence maintenant, c'est important, le silence.

On pénétra dans le port encombré de bateaux de plaisance, puis on se faufila entre un chaland sur le départ et un groupement de kayaks, pour accoster contre la coque du *Ständchen*. Je gravis l'échelle, enroulai les cordes autour du bollard. Lazare semblait avoir toutes les peines du monde à monter à bord de la péniche, je lui tendis ma main qu'il refusa dans un geste d'orgueil. Il m'enjoignit de venir boire un dernier verre, en sa compagnie, m'expliquant qu'il entretenait du mieux qu'il pouvait sa péniche. Attablé dehors, je l'écoutai avec assiduité, sa voix était maintenant devenue plus douce, plus chaleureuse. Je crois bien qu'on s'était apprivoisés.

— Tu comprends, pour une fois que c'est moi qui peux la raconter, et pas les fossoyeurs d'ici, cette histoire… C'est la mienne, la mienne ! Et pourtant, ils m'en ont dépossédé… ils l'ont souillée, mon histoire. Ils racontent ça à leurs gamins qui, ensuite, me regardent en chiens de faïence, alors que je ne leur ai rien fait… Ça les occupe, remarque. C'est comme ça, et à la fin, il ne reste que des âmes écorchées qui poussent leur amertume sur le chemin du cimetière. Elles la poussent comme des bousiers poussent leur boulette de merde. Des âmes inguérissables, voilà ce qu'on est. Tous. Mais ce que j'ai appris, c'est qu'il faut tâcher d'aimer sa propre vie, un peu tout du moins… Et il faut savoir ce qu'on lègue au monde. Il m'a fallu vivre cette épreuve pour le comprendre, car tu vois, après toute cette histoire, j'ai écrit une longue lettre à Juliette, où je lui demandais de me pardonner. Je ne lui demandais pas de revenir, ni d'effacer mes fautes, de me comprendre ou même d'accepter de me revoir, non… Je lui demandais simplement de m'accorder son pardon.

Lazare se tut.

— Et elle a accepté de vous pardonner ?

— Non. Elle ne m'a jamais répondu. Jamais pardonné, probablement. Je n'existe plus pour elle, et je peux le comprendre. J'aurais aimé qu'elle pardonne mes fautes…

— Et Ouliana ? Elle a été enterrée en France ?

— Non, sa dépouille a été rapatriée au Kazakhstan, à Dubovka. Elle a été mise en terre là-bas, dans la steppe, à la sortie de son village. Je peux te le dire, mais à la toute fin, elle me faisait peur, quand on se voyait, Ouliana… Il lui arrivait de pleurer, après nos ébats, de sangloter comme une enfant, je ne comprenais pas pourquoi. Dans l'acte d'aimer, elle cherchait… je ne sais pas ce qu'elle cherchait dans notre histoire. Une issue, ou l'illusion d'une issue… parce qu'il n'y avait rien à espérer. Quand elle se rhabillait, et qu'on s'apprêtait à repartir chacun dans nos vies respectives, elle avait une gravité dans les yeux qui me terrorisait… Comme si elle avait peur de s'être trompée, sur mon compte, sur le sien, sur ce qu'on faisait, et ce doute la rongeait, insidieusement, comme des vers rongent le bois mort. J'aurais dû arrêter de la voir. J'aurais dû comprendre que le feu du désir peut vous brûler tout entier, et que la vie est aussi belle et vraie quand on arrive à *s'empêcher*… Je pense aujourd'hui qu'Ouliana était une femme qui avait besoin d'être assurée qu'un homme l'aimait, du plus profond de son cœur. Parce que c'était une déracinée, une exilée… Elle parlait beaucoup de son pays, du Kazakhstan, et elle en parlait avec une grande nostalgie. C'était une fille de la steppe, emmenée ici et là par les courants contraires de la vie… Donc, tu vois, l'idée d'avoir un enfant, là-dedans, c'était la grande éclaircie. Ce fœtus, dans ses entrailles, cette vie qu'elle n'a jamais pu mettre au monde, c'était la promesse d'une vie nouvelle, une vie de mère davantage qu'une vie de femme. Oh ! pas nécessairement une vie meilleure, non, mais je dirais… une vie *réconciliée*. En perdant notre bébé, elle perdait plus qu'un simple enfant, elle perdait une part d'elle-même, un rêve à portée de ventre… Ouliana était très croyante et peut-être qu'elle a estimé que Dieu lui refusait de donner la vie… Personne, non, jamais personne ne saura ce qu'il y avait dans sa tête au moment où elle s'est enfoncée dans cette rivière. Est-ce qu'elle voulait se donner la mort ? Un accident ? Un meurtre ? Tu vois bien, c'est ce que j'ai dit aux juges, moi : personne n'en sait foutrement rien, de ce qui s'est passé ce jour-là... Personne. C'est une histoire entre le ciel et l'eau, et il y a des choses entre le ciel et l'eau que nous ne saurons jamais. Le ciel et la rivière se regardent, ils s'observent comme dans un miroir et tout ça nous échappe. Crois-en un type qui a vécu toute sa vie sur le Doubs.

— Vous leur avez dit ça, aux juges ? Vraiment ?

— Non, mais j'aurais dû. Enfin, tu vois bien, on ne raconte pas ce genre de choses à des juges. Eux, ils veulent la vérité, du concret, des faits. Ils veulent du rectiligne, alors qu'une vie, ça sinue beaucoup ! En me présentant devant eux, j'avais peur qu'ils me condamnent à perpétuité pour la mort d'Ouliana. Je leur ai dit... qu'est-ce que je leur ai dit, déjà ? Ah oui ! j'ai dit que c'est comme ça dans la vie, qu'il y a ceux qui pensent savoir, qui pensent tout contrôler, et ceux qui, comme moi, ont bien compris qu'ils ne comprendront jamais rien. Chaque jour, chaque matin à mon réveil, je vis avec la hantise de sa mort. J'ai dit que j'étais un homme hanté, au même titre qu'il existe des maisons hantées, sur lesquelles on se plaît à raconter un tas d'histoires, et dans lesquelles on n'ose même plus rentrer... Voilà ce que j'ai dit.

Lazare s'interrompit. Il reprit longuement son souffle en scrutant le vin dans son verre.

— Donc moi, je ne sais pas... Et cette phrase résume toute ma vie : *je ne sais pas*. Je ne sais pas ce qu'Ouliana éprouvait pour moi, mais pour rien au monde elle n'aurait abandonné Fornblung. Ça, je le sais. Pour le coup, elle savait trop ce qu'elle lui devait, au nom de sa famille qui bénéficiait de sa générosité, au regard de sa vie matérielle, devenue opulente, facile, en un sens, et de ses exigences… De tout ce confort dont elle était devenue prisonnière… Moi, je n'avais rien à offrir de sérieux, de stable, de grandiose, quand Fornblung ne vivait que pour lui faire plaisir, la gâter, comblant tous ses désirs… voyages, fêtes, bijoux, voitures, mariage féérique, maisons, appartements à son nom, pour quand il ne serait plus là… des rêves, des rêves ! Leur amour tenait par l'argent, ou plutôt, par les rêves que procurent l'argent et le confort matériel… La beauté de son corps, le charme de son visage, son mystère, c'était devenu tout à fait secondaire, voire superficiel… Il considérait ça comme un tableau qu'on exhibe fièrement chez soi, je suppose… Et ce corps qu'elle m'a donné dans l'amour, avec toute sa passion, je l'avais sacralisé, moi. Car je n'ai pas honte de le dire, je le pense : faire l'amour est la dernière chose qui nous rappelle *vraiment* à la nature, à notre état sauvage, à notre instinct. Dans un tel monde, dans un monde comme le nôtre, faire l'amour avec passion nous purifie. J'en ai la certitude. Cela nous raccroche encore un peu à l'âme, à ce qu'il y a de plus vivant en nous-même. Ouliana, je ne serai resté qu'à sa surface… à la surface de son corps, et même encore aujourd'hui, je reste à la surface de sa mort. Tu comprends pourquoi je ne quitterai pas cette rivière. Je ne peux pas. Je veille, ici, je suis devenu le nautonier de son histoire. Un genre de sentinelle. Et c'est dur, crois-moi.

Lazare avait fini. Il voulait être seul et j'avais envie de partir. J'ai rejoint l'*Argo* après l'avoir salué d'une franche poignée de main, encore troublé par son histoire. Je me remis à effectuer de menus travaux sur le remorqueur, mais la chaleur était intenable, mon front et mes aisselles dégoulinaient de sueur. Le soleil était si féroce qu'il me donnait des maux de tête, et je décidai d'aller me baigner. Délaissant le village et longeant la route sur quelques centaines de mètres, je trouvai une petite plage de galets où l'eau de la rivière était d'une belle couleur émeraude. Je me débarbouillai d'abord le visage, puis j'entrai dans les flots. Je rejoignis en quelques brasses un ponton aux planches pourries, y grimpai à partir d'une échelle et m'élançai pour plonger dans la rivière… Je recommençai, plusieurs fois, comme un enfant égayé ! L'eau était fraîche, un vrai bonheur ! Je suis resté ensuite une bonne heure sur la rive, à bronzer, avant de retourner sur l'*Argo*. Demeurer assis sur la barque de Lazare m'avait provoqué un sérieux mal de dos, et je m'étendis sur la couchette, dans le silence de la cabine. Mon père était absent. Il y avait des cris d'enfant sur le port, le bruit de sonnette d'un vélo, l'appel incessant d'oisillons affamés qui nichaient dans un arbre à proximité… Je fermai les yeux. Il y avait encore des globules de lumière qui tournoyaient dans ma tête. Et le sommeil fut comme un gouffre dans lequel je sombrai.

## III

À mon réveil, le soleil venait tout juste de passer derrière l'horizon. Ma peau était moite de sueur, j'émergeai d'une succession de mauvais rêves et demeurai un long moment à somnoler sur la couchette, bercé par le bruit des cordages. J'essayai de lire, en vain, puis laissai mon esprit vagabonder, les yeux rivés sur le hublot ; mes pensées fusaient dans tous les sens, pareilles aux images d'un kaléidoscope. Je me relevai et sortis sur le pont arrière, l'air s'était rafraîchi et des nuages rougeoyaient comme des coulées de lave, à cette heure où le ciel donnait l'impression de s'élargir, de s'alléger, affublé de longs filaments roses et bleus. Combien de temps avais-je dormi ? Probablement deux heures… J'étais sonné. Une brise chaude et légère se déposa sur mon visage tandis que je décapsulais une bière. Les nuages traçaient des lignes pastel aux couleurs pourpres qui venaient chatoyer sur les eaux du Doubs. La rivière agissait comme un miroir où le ciel, les arbres, les bateaux, les façades du village et la géométrie des quais trouvaient leurs reflets. Le crépuscule m'a toujours paru un instant magique, un instant puissant – flou et limpide à la fois – un moment de recueillement davantage qu'un simple intermède après l'effervescence du jour. Des grives pépiaient dans les arbres au moment où je quittais l'*Argo* pour flâner sur les pontons. J'allumai une cigarette avant de rejoindre les quais pour me diriger vers une rangée de charmes, rigoureusement taillés, qui dominaient les travées d'un jardin public. Des bancs s'y égrenaient et, sur l'un d'eux, une femme assise, les jambes croisées, un livre ouvert sur la cuisse, guettait son enfant à la tignasse blonde. Les cheveux châtains de cette femme étaient maintenus dans un chignon élégant, et elle était habillée d'une robe coquelicot marquée de liserés noirs. Je m'assis sur un autre banc, près des bornes séculaires cernant l'allée. La femme et l'enfant partirent en direction du village, main dans la main, puis il y eut un grand silence. Le crépuscule m'enchantait. Le ciel exhibait des reflets de métal en fusion qui se répandaient sur la rivière, sur les masses obscures des arbres, entourant les hautes collines comme une écharpe de braises. Les reliefs du Jura se découpaient dans le firmament, avec netteté, tandis que les dernières lueurs vespérales enduisaient ses contreforts. La nuit s'annonçait sur les cieux, en de longs deltas fuligineux qui se dérobaient au-delà des toitures de tuiles sombres, donnant au soir des teintes grasses, argileuses, très douces. J'entendis une moto pétarader dans une rue adjacente, puis un bruit de couverts et de casseroles, qui parvenait d'une fenêtre ouverte, et, d'une autre – que je ne repérai pas – une musique d'accordéon, un air mélancolique. Puis vint le carillon des cloches, et des voix de passants, des voix féminines, qui s'échappaient à travers les rues, rattrapant leurs ombres déjà effacées. Je repartis marcher un peu, le murmure de la rivière me manquait. Cela me mena à l'extrémité du port, où le *Ständchen* était amarré entre deux bateaux de marchandises. Au travers des hublots, j'aperçus Lazare, penché sur de grandes feuilles de papier, son chien à ses pieds, une musique grésillant émanait de la stéréo. J'empruntai la passerelle, frappai à sa porte et le dérangeai visiblement.

— Qu'est-ce que tu veux, encore ? Je suis occupé, là… je révise des plans.

— Des plans ?

— De la charpente, pour une commande… Au fait, j'ai des poissons pour toi, ceux qu'on a pris aujourd'hui. Je voulais te les apporter, tu les feras cuire avec ton vieux.

— Non merci, Lazare, je vous les laisse. Je ne comptais pas rester, de toute façon, je voulais juste…

Je réalisai que j'étais venu proposer à Lazare de dîner avec mon père et moi, mais cette envie avait brusquement disparu. Il n'était pas d'humeur, et le caractère de mon père me semblait peu compatible avec celui du pêcheur.

— On part tôt demain matin, ai-je annoncé. Je venais une dernière fois vous dire au revoir, et vous remercier de m'avoir raconté votre histoire. J'imagine qu'il n'y avait rien à gagner à réveiller les vieux démons…

Il sembla touché, marquant un temps d'hésitation, puis son œil a fléchi. Nous étions dehors, un vent faible apportait les effluves de la forêt et de la rivière, une odeur de mousse fraîche, de feuilles mouillées. La lune, fragile, suspendue dans la nuit immense, se reflétait sur les flots à la façon d'une perle. Lazare m'invita à entrer, on descendit des marches étroites en colimaçon menant au salon de la péniche où des livres, des quantités faramineuses de livres, s'étalaient partout, s'empilaient en tour, grimpaient le long des parois pour monter jusqu'aux hublots.

— Oui, dit-il en voyant mon regard naviguer sur les ouvrages. J'ai appris à prendre le temps de lire en prison... et cette passion s'est poursuivie ici.

Mes yeux tombèrent sur une série de photographies épinglées aux murs, qui représentaient tantôt de grandes étendues de terre, ocre et désertiques, parfois lugubres, parsemées de troupeaux de chevaux, de moutons, de chameaux, et tantôt, sur d'autres images, des hommes et des femmes assis en tailleur sur de vastes tapis colorés, sous l'intérieur circulaire des yourtes.

— C'est au Kazakhstan, ajouta-t-il de sa voix rauque. J'ai pris ces photos... Et il y en a d'autres, affichées dans le couloir.

Celles-ci montraient des bergers sur leurs chevaux, et des portraits d'enfants kazakhs aux yeux légèrement bridés, avec un teint de peau bistre, et des femmes en train de traire des vaches ou des juments. Une photographie, beaucoup plus grande que les autres, protégée par un cadre de bois, exposait un cimetière où s'élevaient des tombes étroites et rudimentaires, avec des mausolées de briques surmontés d'un croissant islamique. Lazare vit que je m'attardais dessus.

— Celle-là, c'est dans un village à côté de la ville de Karaganda... Dans la steppe, en plein cœur de la steppe.

— Quand est-ce que vous êtes allé au Kazakhstan ?

— Oh… Quelques années après la mort d'Ouliana, trois ou quatre ans plus tard… J'ai vendu ma voiture et des breloques qui m'appartenaient, j'ai récupéré mes économies à la banque, et avec tout ça j'ai pris un avion pour Moscou, puis un autre pour Astana, la capitale. De là, je suis monté dans un vieux train-couchette qui filait à travers la steppe. Et je suis descendu à Karaganda… Une ville très soviétique qui jouxte un ancien goulag. Assez glauque, comme endroit. Ça m'a pris un peu de temps, ensuite, de retrouver les proches d'Ouliana. Je me suis rendu dans leur village de Dubovka, je n'avais que des indices en partant de France, des bribes de sa vie, quelques noms… Mais j'ai réussi à rencontrer son cousin, Nurbek… Imagine un peu : je n'avais jamais voyagé, je me retrouvais dans un pays sans parler un seul mot de russe ou de kazakh, mais j'ai rencontré une vieille Russe qui parlait un peu français. Nous nous sommes rendus jusqu'à la maison de Nurbek. Au début, forcément, il y avait beaucoup de méfiance de sa part… Il ne comprenait pas ce que je foutais là, qui j'étais, et pourquoi je lui parlais d'elle, sa cousine morte en France dans des circonstances non élucidées. J'ai simplement raconté qui j'étais. Nurbek et sa famille m'ont alors accueilli avec une rare hospitalité… Lui m'a emmené à cheval jusqu'à ce cimetière, un tout petit cimetière dans la steppe, sur une butte écrasée par le soleil où des bosquets d'épineux poussent entre les tombes. Un lieu très beau, loin de tout, un lieu mystique. Les stèles de ce cimetière sont jaunies par les tempêtes de sable et de poussière, couvertes par l'amas de chardons et de branchilles… Nurbek m'a guidé jusqu'à la stèle d'Ouliana puis il m'a laissé seul. Il y a son portrait, en noir et blanc, avec son prénom de naissance qui est gravé : *Altinaï*. Ce prénom qui signifie la *lune d'or*, en kazakh. Je tenais à déposer un petit cadeau au pied de sa tombe.

Lazare marqua un temps. Nous étions toujours debout devant la photographie.

— J'avais besoin de lui rendre un dernier hommage. D'aller *voir* sa tombe, à l'autre bout du monde, pour… enfin tu vois bien, quoi… ce que les vivants peuvent encore dire aux morts, et ce que le silence des morts peut dire aux vivants. Je suis resté un long moment devant cette pierre tombale. J'ai repensé à ces moments que nous avions vécus ensemble, et ç'a été une des choses les plus importantes de ma vie… Je sais bien que ça ne sauve aucune dignité, d'aller saluer une tombe, mais j'ai pensé après tout ça que c'était légitime… ou peut-être pas légitime, mais honnête. Honnête, on pourrait dire. J'avais apporté avec moi des petits cailloux pris dans la rivière, dans le Doubs, et je les ai déposés au pied de la tombe. Tiens, tu sais que là-bas, dans la steppe, j'ai eu l'occasion d'assister à des funérailles. Ils enterrent les corps d'une manière très simple : ils enveloppent le corps d'un linceul blanc, sans cercueil, puis ils le glissent dans une fosse où, tout au fond, sur le côté, a été creusée une anfractuosité. Ensuite, ils chantent, tout en recouvrant la fosse de terre et ils érigent une petite stèle qui ressemble à une yourte ou à un mausolée en terre cuite, ou en briques, sur laquelle ils gravent des dessins, des symboles nomades… Là-bas, les morts ont dans la bouche le goût de la terre, de la steppe. C'est vraiment impressionnant, la steppe, pour qui ne la connaît pas, pour quelqu'un, comme moi, qui vient des montagnes... Cet horizon infini, cet océan de terre sèche qui se jettent dans le ciel. Car là-bas, la terre et le ciel ne font qu'un, ils s'enlacent et ne se quittent jamais. Le corps d'Altinaï repose sous un saxaoul, un très bel arbre qui ne croît que dans la steppe, avec un bois d'une qualité formidable... C'est un obstiné, cet arbre, qui doit beaucoup souffrir pour arriver à vivre dans une telle aridité, sans pluie pendant des mois. Les antilopes saïgas viennent lui manger ses feuilles, lécher son tronc, et les oiseaux se réfugient dans ses branches au cours de leurs migrations. Et moi, j'ai observé tout ça, le saxaoul, les animaux... J'ai *senti* aussi, car il y a des odeurs nettes dans la steppe, des odeurs portées par le vent qui la balaie... La terre, là-bas, dégage une odeur d'écorce brûlée, de badiane, je ne saurais pas très bien décrire ces odeurs sèches. Puis Nurbek m'a donné le nom et l'adresse du frère d'Ouliana, Galym, qui vit dans les montagnes du Tian Shan, au sud-est du Kazakhstan, soit à l'autre bout du pays, à la frontière avec le Kirghizstan. J'ai traversé la steppe, dans des vieux trains soviétiques, en autocar, à l'arrière de camions KamAZ, dans des taxis collectifs qui tombaient en panne au beau milieu de nulle part, j'ai été emmené dans des autos vieilles de plus de quarante ans, des Lada, des Moskvitch, et c'est comme ça que j'ai pu atteindre cette chaîne de montagnes, tout au sud du Kazakhstan. Je me suis rendu, après bien des déboires, à Karkara, un village au pied de montagnes immenses. Les habitations y étaient pauvres, rudimentaires, protégées par des toits de tôle rouillés et ceintes de palissades en bois... Les rues étaient en terre battue, creusées d'ornières béantes où les bagnoles rebondissaient entre les chiens errants, les chèvres, les chevaux… J'étais exténué. L'été touchait à sa fin, il faisait nettement plus froid, et on m'a dit de suivre une rivière dont j'ai oublié le nom. J'ai pris un guide, un adolescent kazakh, excellent cavalier, et nous sommes partis comme ça, en longeant et en remontant cette rivière torrentielle près de laquelle on dressait le bivouac à la nuit tombée. Et c'est ainsi qu'après trois jours de cheval, je suis parvenu à trouver le campement de yourtes où vivait Galym, sur un plateau d'altitude au-dessus de la vallée de Karkara, à la frontière avec le Kirghizstan. Il y élève des moutons, avec sa femme et leurs quatre enfants. Là-bas, là-haut, les étendues sont si vastes, les vallées donnent sur d'autres vallées, et les cimes sur d'autres cimes, et ça n'en finit jamais. Le regard s'y perd, sans cesse… On quitte la steppe sans fin pour se réfugier dans des montagnes sans limites. À tel point qu'on se croirait sur une autre planète. Et Ouliana venait de là : elle était née dans ces montagnes, avant que sa mère ne parte vivre à côté de Karaganda, où sa sœur travaillait. Ils m'ont vu arriver, Galym et sa femme, avec ma barbe de plusieurs semaines et mon visage défiguré qui faisait peur aux enfants… Mais ils m'ont accueilli. J'avais préparé un petit texte, traduit par un interprète, et que j'avais appris par cœur. Je le leur ai récité, le soir, sous la yourte. Je leur ai parlé d'Altinaï… Galym n'avait pas revu sa sœur depuis qu'elle s'était mariée avec Fornblung et qu'elle était partie vivre en Europe. Tu vois, quand j'étais là-haut, dans ces montagnes, les Tian Shan, je sortais de la yourte, la nuit, oui chaque nuit, et je regardais les étoiles, les étoiles filantes, les comètes. Il n'y a pas une seule lumière électrique à des centaines de kilomètres à la ronde là-haut... Je pensais à elle... Ouliana entrait dans mes rêves. Et quand je voyais les petites filles kazakhes au sein du campement de yourtes, je me disais qu'elle avait été comme elles. Je me suis senti proche de ces hommes, là-haut, qui nomadisent avec leurs bêtes. Oui, je dois dire qu'avec les enfants de Galym je m'entendais très bien, même si la communication n'était pas des plus faciles... on arrivait quand même à se comprendre avec des signes. On est allés pêcher dans les ruisseaux, des poissons que je ne connaissais pas, des « marinkas », avec une chair délicieuse, je leur ai appris deux ou trois trucs, et eux, en retour, ils m'ont appris à monter à cheval ! Et voilà... l'hiver est arrivé, l'hiver kazakh. La température est tombée à moins vingt degrés... puis moins trente ! La famille est redescendue à Karkara, dans le fond de la vallée avec leurs troupeaux et les yourtes. Et moi, je suis reparti, j'ai traversé la steppe en sens inverse, sous la neige, je suis monté dans un avion à Astana, et je suis rentré. Ce voyage a été comme une grande parenthèse dans ma vie. Un exil qui m'a relevé... À mon retour en France, on a vendu l'appartement, celui qui nous appartenait avec Juliette, ainsi que la quincaillerie. J'ai tout vendu. C'est comme ça que j'ai pu acheter cette vieille péniche sur laquelle on est en train de picoler, toi et moi... Et un jour, je retournerai peut-être là-bas, dans les steppes et les montagnes kazakhes... qui sait ?

— À ce propos, Lazare, vous n'auriez pas une photo d'Ouliana ?

— Non. Je n'en ai gardé aucune. C'est mieux comme ça, elle reste ici, dans ma mémoire. Et maintenant, j'essaie de l'oublier. C'est pour ça que je vis un peu seul… la solitude, ça aide. Ça lisse… D'ailleurs, oui, peut-être bien que l'hôpital, la prison et le lit de mort, ce sont les seuls lieux où l'on mesure sa vie à l'aune de sa propre solitude. Attends-moi une seconde…

Lazare partit chercher dans la cale une nouvelle bouteille de vin, qu'il qualifia gaiement comme « l'un des plus beaux crus du *Ständchen* ! Un vin des côtes catalanes ! » L'air parfumé du soir pénétrait par les hublots ouverts, on buvait avec lenteur, le vin arborait une belle couleur grenat, teintée de reflets diaphanes. Une fois en bouche il était tout en rondeur et en souplesse, avec une faible astringence, un goût de mûre subsistait sur la langue. Nous étions assis sur de larges fauteuils carrés, un peu vieillots, on parlait peu. Des lambeaux de phrases entre de longs interludes de silence. J'observais la main de Lazare qui tenait le pied du verre entre ses doigts noueux. Il y avait là un grand contraste, dans cette main mal dégrossie de menuisier-charpentier, aux phalanges calleuses, qui levait le verre avec une certaine grâce dans le mouvement. Oui, c'était un homme de paradoxes. Lazare s'est redressé, a sorti un livre de la bibliothèque avant de retirer d'entre les pages une photographie qu'il me tendit. Elle présentait un couple, devant une yourte d'une couleur vieil ivoire, l'homme et la femme avaient environ quarante ans, et tous deux avaient un beau visage ovale, large, sans sourire, des yeux noirs et bridés surplombant des pommettes saillantes. Leur peau était tannée par le soleil, et la femme kazakhe était coiffée d'un volumineux turban blanc.

— C'est Ajara, l'épouse de Galym. Cette coiffe que

tu vois, sur la photo, ça s'appelle un *kimeshek*, c'est lourd, même si le turban est conçu en soie ou en coton, mais une fois déplié, le kimeshek peut mesurer jusqu'à trente mètres de long ! Dans la tradition, la femme le tisse pour célébrer la naissance de son premier enfant, puis elle le porte lors des grands événements de sa vie, et enfin elle le déroule pour envelopper la dépouille de son mari, avant qu'on ne le mette en terre. Si elle décède avant lui, c'est elle qu'on met dedans. C'est en quelque sorte l'offrande du landau au linceul… Les femmes abandonnent quelques mèches dans le tissu pour accompagner le mort dans son grand voyage, et j'ai beaucoup aimé cette histoire… Ouliana en avait un très beau, elle aussi… Je ne sais pas si elle a été enterrée avec son kimeshek…

Lazare proposa de sortir prendre l'air sur le pont. Dehors, il n'y avait pas un bruit dans la rade, quelques friselis caressaient la coque du *Ständchen* et, dans le ciel immense, les étoiles scintillaient comme des copeaux de glace. Au loin, le fanal d'un navire de commerce semblait pareil à une étoile de plus, au ras de l'eau. Je m'en souviens, encore aujourd'hui, nous avons bu avec plaisir ce vin sombre dans la nuit bleue. J'eus l'impression, malgré nos rapports *d'inconnu à inconnu*, que Lazare était un homme encore capable d'amitié… Une amitié comme une Atlantide, néanmoins engloutie sous la misanthropie, la douleur et la tristesse qu'il y a de vivre, mais un sentiment d'amitié inexpugnable. Nous étions bien éméchés, il était minuit, la tête me tournait et j'avais de la difficulté à m'exprimer. Lazare souriait, de ces sourires d'ivresse qui se drapent dans la complicité d'un soir, tout en me décrivant son voyage en Asie centrale – *le pèlerinage d'une vie !* comme il l'évoquait. Et ici, sur le pont du *Ständchen*, j'étais transporté au fond des steppes, j'entrais avec lui dans les yourtes et ses souvenirs.

— Ah ! tiens, au fait, j'ai une dernière chose un peu ironique à te raconter. Ma jambe, celle qui boite, ça n'a rien à voir avec cette histoire... C'est le résultat d'une chute, quand j'ai refait le toit de l'atelier, à mon retour du Kazakhstan. Tu sais que j'aurais pu me tuer ! J'ai chuté de plusieurs mètres, je me suis brisé le fémur et le genou. Tout le ménisque éclaté, une vraie galère... Comme quoi, le Grand Architecte doit tenir un peu à moi, de là-haut ! Allez, on est bien bourrés, va... va dormir, et bon vent sur la rivière avec ton vieux, demain...

On s'est salués d'une franche poignée de main, mes yeux dans le sien, et je me suis dit qu'on avait passé une belle journée à la pêche. J'ai quitté le *Ständchen*, emportant finalement avec moi le sac en plastique qui contenait les poissons que nous avions pris... La nuit était légère et profonde à la fois, d'un bleu outremer sur lequel le croissant de lune ressemblait à une voile. Je m'arrêtai pour l'observer un instant... *Elle*, dans la nuit, la lune toujours un peu au-dessus du désespoir, illuminant le sommet des collines bientôt lavées par la rosée. Je repris ma marche en écoutant le bruit mouillé de vaguelettes paresseuses qui allaient s'échouer dans la roselière. Le ponton grinçait sous mes pas. Autour de moi résonnaient les litanies des grenouilles, tandis que les papillons et les lucioles s'excitaient autour des réverbères... J'étais ivre, et content d'aller dormir. Et en me retournant, je vis que les lumières filtrant des hublots du *Ständchen* s'éteignaient, l'une après l'autre.

Le lendemain matin, à sept heures, avant de larguer les amarres pour quitter le port, j'ai déposé une bouteille de vin sur la passerelle du *Ständchen*. Celle que j'avais achetée le premier jour à l'épicerie. Couché près de l'écubier, le chien de Lazare a aboyé avant de me reconnaître. J'ai caressé sa gueule et ses oreilles duveteuses, puis je suis retourné vers le remorqueur, j'ai dénoué les cordages avant de grimper à bord. On vogua au ralenti jusqu'à l'écluse, le moteur bloblotant, l'*Argo* ouvrait derrière lui un grand sillage écumeux, une cicatrice en forme de V, sur les flots pareils à une pellicule de film. Les petits fanions que j'avais accrochés à la poupe dansaient dans la brise, les portes de l'écluse s'ouvrirent puis se refermèrent après nous. Vantelles relevées, l'eau pénétra dans le sas en bouillonnant. De puissants remous labouraient les parois, je me mis à enrouler une vieille corde puis renonçai, et, au milieu de la bassinée, je demandai à mon père de m'attendre une seconde…

— J'en ai que pour une minute, attends-moi là !

J'avais un compte à régler avec cette histoire. Je sautai sur l'échelle pour remonter vers le quai, puis j'accourus jusqu'au chemin de halage où Lazare m'avait dit, la veille à bord de sa péniche, d'aller voir le nom de la route. « Tu verras, c'est le nouveau maire du village qui en a décidé ainsi, un gars qui a de l'imagination… » Je traversai un ponceau de pierre à moitié écroulé, parvins au début de la voirie, où le panneau portait pour inscription : *Chemin de la Vie des morts*. C'était un large sentier, en lacis, qui se finissait en impasse et où se dressait l'ancienne maison du docteur Moreau.

On la devinait à peine, au sommet de la pente, après les taillis, derrière les peupliers qui se tenaient droits comme des plumeaux. Je marchai en suivant le chemin, avant de franchir une haie de sorbiers qui donnait sur le jardin en friche. Il y avait là quelques frênes aux ramures denses, puis je trouvai la tonnelle délabrée, qui s'élevait à quelques pas de la demeure en pierre où le lierre rampait le long d'une treille cassée. D'ici, on pouvait observer les enclos qui tombaient en désuétude, et la maison, sur trois étages, qui dégageait un certain cachet bien qu'un peu suranné. Les nombreux balcons en fer forgé et les corniches étaient ornés de moulures et de larmiers, tandis qu'une petite terrasse flanquée de multiples colonnades avançait sur la façade. De la toiture surgissaient deux lucarnes en œil-de-bœuf. L'ensemble des fenêtres avait été condamné, les volets étaient clos, hormis ceux sortis de leurs gonds, qui reposaient dans les herbes hautes. Je passai les trois marches du perron et tentai d'ouvrir la porte, qui s'y refusa. Je jetai un coup d'œil à travers un carreau brisé et vis quatre murs dans l'obscurité qui délimitaient une pièce sous de larges poutres. La curiosité était trop forte, je reculai, scrutant autour de moi quelques secondes pour m'assurer que j'étais seul, puis j'allai ramasser une grosse pierre près de la tonnelle. Je revins face à la fenêtre et jetai la pierre en visant juste : le bruit du carreau qui se brisa fit décoller une nuée d'oiseaux. Dans ce silence, cela avait été comme un grand vacarme ! Je dégageai à coups de coude les morceaux de verre, dans les recoins et sur le bas de l'encadrement, puis je pris appui du pied sur une saillie et me hissai sur le rebord de la fenêtre.

En prenant soin de ne pas me couper, je me glissai à l'intérieur. Cela me semblait être un ancien bureau, à en juger par son volume. Le vantail d'une armoire était appuyé contre un des murs, sous un abat-jour en forme de cloche, et je passai dans une autre pièce, plus spacieuse, où la poussière en suspension scintillait dans les faisceaux minces de la lumière. Cette lumière perçait entre les fentes des volets. J'avançai à pas prudents sur les dalles carrelées, prenant garde aux plâtras détachés et à des bidons métalliques, de toutes tailles, que quelqu'un avait abandonnés ici. Il y avait aussi un rouleau de câbles et des fragments de faïence. Je suivis un premier couloir qui me fit déboucher sur une pièce plongée dans l'obscurité, un genre de cabinet que je traversai afin de pénétrer dans une autre pièce, vaste, à l'air confiné, avec des murs envahis par les toiles d'araignées. Cela me parut être le salon. Un lustre en bronze pendait du plafond – seul mobilier des lieux, à l'exception d'une large commode, non loin de moi, dans un renfoncement du mur. Je me sentais minuscule dans cette pièce, et je vis soudain une porte devant moi, à demi ouverte – comme une tache noire – et je me dirigeai vers elle. Je la franchis, avançant dans un corridor aussi étroit qu'une coursive et obstrué par des matériaux, des outils de chantier, des cagettes et des débris de verre. Le long de la paroi, j'aperçus une première porte entrebâillée. Je passai devant, aperçus dans l'embrasure un large canapé éventré, avec de la mousse et des ressorts apparents. Je continuai, prudemment. Je crois bien que j'avais peur en m'enfonçant dans ce lieu : le corridor donnait sur une pièce carrée, vide, plongée dans une pénombre à laquelle je commençais à m'habituer. Sur ma droite partait l'escalier de bois, et la rampe, massive, près de ma main, s'enroulait à son extrémité pour dessiner une volute. Je mis le pied sur la première marche. Elle craqua… je renonçai aussitôt. Des morceaux de contreplaqué, des bouteilles de verre, des paquets de cigarettes et d'autres détritus jonchaient les marches. Il y avait même une seringue. Le résultat d'un squat, sans doute… Je remarquai aussi des crottes près des pans de maçonnerie mis à nu par le temps, et une tapette à souris jamais déclenchée. Des taches de salpêtre ondulaient près des plinthes ; je posai ma main sur le bois de la rampe d'escalier alors que les battements de mon cœur s'accéléraient. Ma curiosité s'estompait maintenant, et je réalisai qu'il était des lieux devenus trop lourds, trop douloureux, pour que la vie s'y glissât à nouveau. Cette maison ressemblait à un temple abandonné, un vestige dans la grande désolation. Je humais l'odeur des choses et des êtres qui avaient séjourné ici, une odeur de vieux papiers, d'humidité, une odeur de cordes pourries, aussi, et une odeur de renfermé, entremêlée des exhalaisons de la végétation, des arbres et des fleurs qui croissaient tout autour de ces murs délaissés, et dont le pollen parvient à s'immiscer par les interstices des lucarnes. Je songeai à tous ces hivers et ces printemps qui laissent leur empreinte à chacun de leur passage, tout comme je pensai à l'errance probable de rongeurs, de chiens, de sangliers, de chats, de cervidés, entre les murs éteints de cette maison… Et je sentais monter en moi un grand sentiment de tristesse, un chagrin que je ne m'expliquais pas. De la pitié, aussi, sans doute. J'avais pitié de cette demeure où l'homme et la femme n'avaient plus leur place… Au sommet de l'escalier, ce bel escalier hélicoïdal qui monte en se rétrécissant, je sais qu'il y a un couloir, une chambre où subsiste la mémoire de jours *vivants*. Et, en levant la tête, malgré la pénombre et la poussière, j'ai constaté qu'une immense rosace décorait le plafond, peinte dans un bleu d'azur qui avait dû conférer de la gaieté à cette pièce… Alors, j'ai rebroussé chemin.

Une fois hors de la maison, je suis retourné sur mes pas pour franchir le ponceau de pierre. Je marchais en essayant d'imaginer cette femme, Ouliana, alors que les champs luisaient sous la rosée du matin et que, plus loin, près des berges, trois canards se frayaient un chemin entre les roseaux. Le ciel était squameux, avec d'infimes nuages qui s'amoncelaient à sa surface… La corne du remorqueur brisa le silence : mon père me rappelait sur l'*Argo* avec de grands gestes impatients. Le remorqueur oscillait fébrilement dans le sas de l'écluse… et c'est vrai que c'était un beau rafiot ! J'étais heureux de ces voyages avec mon père, et je ne le lui avais jamais dit… Je suis remonté à bord, j'ai pris la barre tandis qu'il râlait contre mon attitude : « T'as la tête ailleurs en ce moment ! T'as rencontré une femme ou quoi ? » J'ai souri. Lui est allé s'asseoir à la proue, sa tasse de café en main, comme il aimait le faire, à regarder l'eau matutinale qui arborait une couleur d'ardoise. J'ai poussé vers l'avant le levier d'accélérateur, le moteur de l'*Argo* ronronna davantage. Il nous restait encore plusieurs jours de navigation avant d'atteindre la Côte-d'Or. Et la rivière était notre chemin.

# IV

Je finis d'écrire cette histoire du mieux que je peux, et surtout comme elle me revient en mémoire. Là, maintenant… alors que je remonte le Doubs. J'ai le sentiment de remonter cette rivière comme on remonte le temps, et j'ose espérer que ceux qui ont vécu ce fait divers me pardonneront les approximations, les libertés que j'ai dû prendre, ou seulement la véracité des propos. L'essentiel est là. Et au fond, Lazare avait raison, j'ai longtemps ruminé cette phrase en m'efforçant de deviner son sens exact, s'il en est un… *C'est en cherchant la source qu'on se rapproche de l'estuaire*. J'ai conservé avec moi le couteau qu'il m'avait donné, ce fameux jour de pêche, et qui m'accompagne désormais dans mes navigations. Et donc, il y a une semaine, en remontant le cours du Doubs à bord du *Vésuve*, une petite vedette que je venais d'acquérir, je suis passé par ce village. Ce village entre deux écluses où pointe le clocher d'une très belle église, un village de la *France profonde*, comme disent avec condescendance ceux qui ne la connaissent pas. J'étais en compagnie de la femme qui avait accepté de me donner sa main et qui portait notre enfant, et, bien évidemment, j'ai hésité à m'amarrer afin de passer la nuit au port… Mon épouse a insisté, après que je lui eus confié l'histoire. « Peut-être que ça lui ferait plaisir de te revoir, tu ne sais pas... Tu devrais au moins essayer. » Ça commençait mal. Le *Ständchen* n'était plus à quai. Il n'y avait dans la rade que des bateaux de location, une péniche Freycinet, un Tjalk abîmé et un Columbus Spiegelkotter, battant pavillon danois. Je me rendis au *Bar de la Capitainerie*, transformé en bistrot moderne où je trouvai derrière le comptoir une jeune femme habillée d'un débardeur à paillettes et d'un short en jean découpé sous les fesses. Un impressionnant tatouage sur ses seins attira mon regard : il représentait une boussole avec une tête de mort. Je lui demandai si Lazare résidait encore ici.

— Qui ça ?

— Lazare... Le pêcheur qui vivait à bord de sa péniche, le *Ständchen* ? Vous voyez de qui je parle ?

— Je ne connais pas, désolée... Vous voulez boire quelque chose ?

— Un café, merci.

J'allai m'installer sur une des banquettes en similicuir, sous l'alignement de néons roses qui viraient au violet, au fuchsia, au vert fluo et enfin au bleu électrique, avant de revenir à leur couleur initiale. Un épileptique n'aurait pas tenu trente secondes dans un lieu pareil. Sans compter la musique, composée de trois notes redondantes et machinales qui pulsaient à partir d'enceintes suspendues au plafond. L'arrière-salle avait été transformée en discothèque. C'est ici que j'avais rencontré Lazare... Les maillots de foot et les cartes postales avaient disparu, laissant place à une ribambelle de graffitis et de photos sur lesquelles des femmes au visage fardé et des jeunes hommes éméchés se donnaient l'accolade, bras dessus bras dessous. Je les passai en revue, dégustant mon café. Je m'arrêtai sur une photo précise : elle présentait une femme jeune, de dos, la tête à la chevelure peroxydée renversée en arrière, en talons hauts, avec une jupe moulant ses hanches pleines et sculptées, qui se trémoussait sur un podium dominant la piste de danse. Ensuite mes yeux se posèrent sur la serveuse qui se maquillait en badigeonnant du mascara sur ses cils, avant de passer un gloss brillant sur ses lèvres. Je l'observai se maquiller, face au miroir qui me renvoyait son reflet, puis elle rehaussa les bretelles de son débardeur, se posta de profil, et, après un moment, sembla satisfaite de son image. Je me demandais où avait pu passer Lazare… J'émis l'hypothèse qu'il fût reparti en Asie centrale, au Kazakhstan ou au Kirghizstan, après avoir vendu son *Ständchen*. L'idée me plut : je me représentai Lazare sur un cheval noir, galopant dans la steppe aux côtés de jeunes bergers ! Je tentai de l'imaginer dans une yourte, vêtu d'un gilet en feutre, et le côté burlesque de la chose me fit sourire… Néanmoins, une dizaine de minutes plus tard, une dame aux cheveux blancs, courtaude et adipeuse, vint me trouver.

— Excusez-moi, monsieur, je crois savoir que vous cherchez Lazare ?

— C'est exact.

— C'est ma nièce qui tient cet établissement, la fille à qui vous avez parlé… Elle m'a appelée, je suis venue. Vous étiez de sa famille ?

— À Lazare ? Non, pas du tout. Je l'ai connu très brièvement, il m'avait emmené à la pêche, il y a quelques années.

— Ah ! Alors vous étiez tout de même un peu proche… C'est pas tout le monde que Lazare a emmené à la pêche… Vous êtes peut-être même le seul. Lazare est mort, il y a un peu plus d'un an. Vous permettez ?

Elle avait posé sa main sur le sommet de la chaise, face à moi. D'apprendre ainsi la mort de Lazare me serra le cœur, sans bien savoir pourquoi, moi qui n'avais jamais cherché à le revoir.

— Quelle est la cause de son décès ?

— Mort naturelle. Enfin, inexpliquée, disons. Il n'était pas vieux, la cinquantaine passée. Il est mort sur sa péniche, un soir de mars. Son cœur s'est arrêté, comme ça. C'est un touriste anglais qui a découvert son cadavre, alerté par les aboiements du chien… Sur la fin, Lazare était devenu acariâtre, plus personne ne se souciait de lui. Sa mort n'a causé de chagrin à personne, je dois dire. Il est allé au bout de sa solitude. Je pourrais aussi vous raconter qu'il entretenait les berges, les arbres sur la rive, et il avait aussi mis des ruches sur le pont de sa péniche, à l'avant… il faisait du miel. À vrai dire, on ne sait pas trop ce qu'il faisait… La péniche a été envoyée dans un cimetière à bateaux pour être désossée.

— Et vous, vous l'avez bien connu ?

— On peut dire ça… je suis l'ancienne mairesse du village.

— Ah ? Celle qui… celle qui était en poste au moment des événements ?

Elle esquissa un sourire.

— Des événements, comme vous dites. C'est diplomate, de présenter les choses comme ça. Des événements… C'était moi, la mairesse du village, en effet, en ce temps-là. Je suppose que vous connaissez l'histoire.

J'acquiesçai poliment tandis qu'elle ajoutait :

— Si vous voulez vous recueillir sur sa tombe, Lazare a été enterré au cimetière du village, dans le caveau où reposent ses parents. Il faut prendre la départementale et monter la côte vers Saint-Marcel. Bien sûr, la tombe porte son vrai nom. Celui d…

— Non ! l'ai-je coupée, non ! ne me le dites pas, je préfère garder son surnom en mémoire… Et je ne compte pas aller voir sa tombe. Je vous remercie de m'avoir informé de sa mort.

L'ancienne élue se fit servir un verre de vin blanc qu'elle ingurgita fissa. Elle torturait nerveusement le contour de ses doigts, de gros doigts boudinés, tout en m'entretenant sur Lazare.

— Je n'ai jamais vu une église aussi vide pour un enterrement. Une cérémonie aussi… déserte… et au cimetière, pareil. Sa femme, enfin, son ex-femme, je veux dire, avait fait le déplacement. Moi-même j'y suis allée. Il y avait le chien, aussi… C'est tout. Je ne sais pas ce qu'il est devenu, le chien, d'ailleurs.

— Et sa fille, à Lazare, elle n'était pas présente, pour l'enterrement ?

— Sa fille ? Non, je ne crois pas, non je ne me souviens pas l'avoir vue, la petite, à l'enterrement… Il ne me semble pas qu'elle soit venue. Lazare… vous savez… comment dire… les dernières années de sa vie, fallait voir ça : il était tout dépenaillé, il n'avait plus que la peau sur les os, et une barbe qui lui descendait jusqu'au milieu du torse… il s'obstinait à travailler dans son atelier de menuiserie… On le croisait parfois en montagne, près de la chapelle. Les gens le prenaient pour un vagabond, un fou, un ermite. On ne le voyait presque plus dans le village. Il me détestait. Alors que moi… moi, non.

Elle s'arrêta au milieu de sa phrase, gratta ses joues rougies par des plaques d'eczéma puis son nez, violacé, qui témoignait d'un alcoolisme certain.

— Je ne vais pas vous dire que je l'appréciais, ce ne serait pas vrai… Mais c'était un homme de valeur, malgré ce qu'on a pu dire de lui. Lazare était sans doute obsédé par les femmes, très tourmenté, oui, mais il avait des principes. Vous n'imaginez pas ce qu'on a pu raconter sur son compte après cette affaire… une fois qu'il était en prison. Les journaux locaux s'en sont donné à cœur joie… Ils ont tout fait, tout écrit, pour alimenter les suspicions au cours de l'enquête. Faut voir ce qu'il s'est ramassé en pleine gueule, alors que personne n'en savait rien ! Eux, les raconteurs de bobards, ceux qui jetaient de l'huile sur le feu, il y a de quoi leur en vouloir… À tel point qu'aux élections suivantes, dégoûtée par tout ça, j'ai préféré ne pas me représenter, les gens ne parlaient plus que de ça : « Et qui a tué la Kazakhe ? C'est Lazare ? Ou bien M. Fornblung ? Ou un autre amant ? Il doit bien y en avoir un autre dans l'affaire ! » Tout ça devenait invraisemblable, très humiliant pour tout le monde… alors que selon moi, c'était évident que c'est un accident, ou un suicide. Un suicide, probablement… Et puis, est-ce qu'il faut vraiment la savoir, la vérité ? Ça rime à quoi, de toujours vouloir connaître la vérité ? Tout ça, c'est que des histoires sordides… Ça a très mal fini, mais la vérité, elle appartient au ciel, et elle n'est pas sur la terre. C'est comme ça.

La femme arborait une mine confuse, exprimant une consternation mêlée de sollicitude. Elle sortit un petit porte-monnaie en tissu, mais je l'assurai que la note était pour moi, puis elle m'informa regretter de ne pas pouvoir rester davantage et quitta le bar. Je me décidai à l'imiter et la rattrapai pour la remercier d'être venue m'annoncer la mort de Lazare. Nous déambulâmes ensemble à travers les ruelles ombragées, pour accéder à la place centrale où elle me parla encore des détails de cette affaire.

— Je ne sais pas ce que vous a raconté Lazare, je ne sais pas vraiment qui vous êtes pour lui… Et je n'ai aucune envie de reparler de tout ça. Mais laissez-moi vous dire que M. Fornblung était quelqu'un de bien, lui aussi. Un homme comme on en voit rarement… À son procès, à un moment donné, alors que j'étais dans la salle, il a trouvé mon regard, il m'a saluée. Les larmes lui sont montées aux yeux, tout de suite. Et je n'ai jamais revu un regard comme celui-ci… Ce jour où il a été pris de folie, ce n'était pas lui… Allez savoir ce qui se tramait là-bas, dans cette maison… qui était fou, qui ne l'était pas ? Moi, pour tout vous dire, quand j'y repense… quand j'y repense, je préfère garder le souvenir de ces deux hommes qui étaient de vrais amis et qui riaient de bon cœur dans les bistrots, partout où ils allaient, on sentait vraiment qu'ils s'appréciaient, avant que tout ça dégénère et ne finisse dans le sang. Ils ont eu une belle histoire d'amitié, ces deux-là. C'est fini, maintenant, il n'en reste rien, les seules personnes qui connaissaient la vérité sont mortes, et d'ailleurs, elle a été rasée, la maison. Ils ont bâti des logements modernes sur le terrain. Des lotissements, très laids, qui se vendent mal... J'ai rendez-vous chez le médecin, monsieur, je dois vous laisser...

On se sépara en se serrant la main, sous un tilleul qui bordait l'allée. J'observai l'ancienne élue rejoindre sa voiture garée près du frontispice de l'hôtel de ville, puis je baguenaudai presque une heure dans le village. Tous les commerces étaient fermés dans les rues et les ruelles où seule une pharmacie demeurait ouverte. Il y a des lieux comme ça qui agonisent en silence.

Je suis redescendu vers le port, empruntant l'un des pontons où les bateaux étaient amarrés. La lumière ciselait la forme de leur coque blanche et celle des arbres. Le ciel brillait, et il brillait si violemment que la réverbération du soleil sur l'eau m'aveuglait... C'est en rejoignant le *Vésuve* que, tout à coup, je *l'*ai vue... elle se tenait un peu à l'écart des autres coques, et elle m'est apparue comme dans un mirage, sur les flots. Il y a parfois de ces coups du destin, car j'aurais très bien pu passer à côté ! On aurait dit qu'elle dormait sur un tapis de nénuphars, et elle semblait presque vivante, d'une beauté irréelle... Sa coque oblongue était intégralement bâtie en bois, d'un bois robuste et proche de la couleur du miel, probablement du mélèze ou du pin. J'approchai d'*elle*, de l'embarcation... J'examinai d'abord les assises, les rames fixées sur un côté, les cordages infestés d'algues, et la proue acuminée, dotée d'une étrave saillante qui se finissait comme la pointe des gondoles vénitiennes. Les membrures apparaissaient nettement, et tout laissait supposer que de solides varangues maintenaient la structure. Au-dessus du safran, la poupe était ornée d'un drapeau terni par le temps, déchiré au niveau de la hampe. Le vent s'y lovait, dévoilant un drapeau de couleur turquoise affublé d'un aigle doré, surmonté d'un soleil, avec des motifs le long du guindant (j'appris en me renseignant, bien plus tard, que c'était le drapeau du Kazakhstan). Cette embarcation était magnifique. Sa ligne élégante, sa sobriété dans le trait, était rendue plus éloquente encore par l'évidente qualité du bois. J'approchai, contournai la proue pour scruter l'immatriculation, une gravure soignée, à la main, sur une plaque qui arborait le nom du bateau :

*ALTINAÏ*

Lazare était parvenu au bout de son œuvre ! Je n'en revenais pas… Ce vieux fou, cet amoureux du bois, était donc allé au bout ! Il avait refusé de quitter ce monde sans achever son projet… Et ce ne pouvait être personne d'autre que lui. Je me suis accroupi face à l'embarcation, prenant dans ma main la corde effilochée qui la retenait à l'anneau du ponton, j'ai caressé la coque, puis j'ai essayé de m'imaginer Lazare en train de sortir avec précaution la barque de son atelier… la mettre soigneusement à l'eau… Combien d'heures de travail avait pu exiger la conception d'un tel ouvrage, d'une si jolie barque ? Et qu'avait-il vraiment pensé au moment où les flots, pour la toute première fois, avaient pourléché la coque ? S'en était-il même servi, de cette barque, avait-il navigué sur les méandres de cette rivière ? Je ne sais pas… Je sais seulement qu'en ce monde une barque fait écho à une tombe. Et personne ici ne connaissait le vrai nom d'Ouliana… L'embarcation semblait attendre un passager, un homme qui l'emmènerait sur le Doubs remonter le courant, passer les écluses, tanguer légèrement sur les vagues et les roulis que soulève le passage d'autres bateaux… Peut-être qu'un jour un enfant de ce village, un jeune pêcheur, ou une jeune fille, ou un couple amoureux, un peu ivre, un soir, quelqu'un, au hasard, montera dans cette barque et l'adoptera. Lazare s'était éteint. Adieu, Lazare ! Dans l'*au-delà*, on le connaissait déjà, on l'avait entrevu avant qu'il ne reparte pour finir son labeur chez les vivants… L'*Altinaï* lui survivait. Je me redressai, regardai devant moi : sur la rive opposée, posté sur la souche d'un arbre, un héron m'observait. Son corps de profil se dessinait dans une courbe pleine… On resta un instant à se considérer du regard. Puis soudain, l'oiseau allongea le cou, avança son bec, déploya ses ailes à l'envergure gigantesque et prit son envol. Il effleura les flots avant de s'élever vers la cime des arbres, pour disparaître enfin dans le ciel.

PAPIER À BASE DE FIBRES CERTIFIÉES

Le Livre de Poche s'engage pour l'environnement en réduisant l'empreinte carbone de ses livres. Celle de cet exemplaire est de :
200 g éq. $CO_2$
Rendez-vous sur
www.livredepoche-durable.fr

Composition réalisée par Soft Office

Achevé d'imprimer en août 2022 en Espagne par
CPI Blackprint
Dépôt légal 1re publication : septembre 2021
Librairie Générale Française
21, rue du Montparnasse – 75298 Paris Cedex 06

73/2623/3